宮下奈都

# ワンさぶ子の怠惰な冒険

光文社

# ワンさぶ子の怠惰な冒険

装幀　鈴木久美

装画・本文イラスト　井筒啓之

# 目次

わたしの名前はワンさぶ子。赤ちゃんのときに宮下家にもらわれてきて、福井ですくすくと元気に育ちました。走るのと、くんくん匂いを嗅いで謎を解くのと、お昼寝が得意な白い柴犬です。しっぽがくるんと丸まっているのが自慢です。家族にはいろんな愛称で呼ばれています。ワンさぶ〜、と呼ばれたり、さぶちゃん！　と呼ばれたり。ワンさぶ号と呼ばれるのもちょっと気に入っています。あとは、かわゆすぎるのでかわゆ銀行とか、川湯（かわゆ）温泉とか。人前で呼ばれるとさすがに恥ずかしいです。これは、わたしワンさぶ子のお昼寝と冒険の日々の記録です。

**おかーさん**

毎朝毎晩わたしと散歩して、遊んで、ごはんをくれるひとです。作家というのは気楽な稼業のようで、だいたい家でぼーっとしています。

**おとーさん**

おとーさんが何をしているひとなのか、わたしは知りません。よく働き、よく本を読み、ときどき変なことをいいます。仕事が忙しいらしいので、お休みの日にだけわたしが散歩につきあってあげています。

**上のおにーちゃん**

ちょうどこの連載が始まるときに大学進学のために出ていってしまいました。びっくりするほどのんきですが、弟や妹と仲がよくて、いつも何かおもしろいことを考えています。おかーさんはわが家の切り札と呼んでいます。

**下のおにーちゃん**

上のおにーちゃんとは二歳違いの、別名・ゲーム王。バドミントン部。気が利く働き者で、ひとからの信頼も若干厚めです。わたしのこともよく散歩に連れていってくれます。おかーさんはわが家のエースと呼んでいます。

**きなこちゃん（仮名）**

宮下家の末っ子、わたしの妹分です。やさしくて、わたしのことをとてもかわいがってくれます。ほんとはわたしがかわいがってるんですけどね。おかーさんはわが家のホープと呼んでいます。ときどきエースにもなるし、切り札にもなります。

**トミー**

おかーさんのおとうさん。すぐ近くに住んでいて、しょっちゅうわたしの顔を見にきます。いつも楽しそうです。若い頃は小林旭に似ているとよくいわれたそうです。

**ばぁば**

おかーさんのおかあさん。歌が好きで明るくて元気です。健康のために毎日わたしといっぱい歩きます。わたしはばぁばが大好きです。

# 4月

## それぞれの冒険

### 4月某日　ワンさぶ子三周年

ワンさぶ子が家に来て、今日でちょうど三年。白くて、もっふもふで、この世にこんなにかわいい生きものがいるのかと驚いた日からもう三年。ワンさぶ子は相変わらずかわいくて賢いのだが、とんでもなく愛想がない。さすがは日本犬、さすがは番犬だ。知らないお客さんには懐《なつ》かず吠《ほ》えまくるし、家族に対してもしっぽを振らない。比喩ではない。しっぽがぐるんぐるん巻いていて、かたくて、振ろうにも振れないらしい。性格はしっぽについてくるのかもしれない。よろこびを表すいちばん簡単な手段を使えなくて、ワンさぶ子は喜怒哀楽をあまり出さない、ポーカーフェイスな柴犬に育った。

### 4月某日　いいのかそれで

ワンさぶ子はお利口さんなので、玄関のドアを開けたってだいじょうぶ、お行儀よく外を見るだけで走り出たりはしない……はず……なのに、出たよ、今、飛び出していったよ！　宅配便のお兄さんの脇をすり抜け、カモシカのように軽やかに駆けていく後ろ姿に、お兄さんもとっさに「ＳＴＡＹ！」と叫んで止めようとしてくれたけど、ワンさぶ子に英語は通じない。「ワンさぶ！　おやつ！　おやつあるよ！」と声をかけながら追いかける。すると、家から五十メートルくらい離れたところでピタッと足を止めた。どうした？　なぜそこで立ち止まった？　と訝《いぶか》しみつつ走っていくと、ワンさぶ子がふりかえった。その目を見た瞬間にわかった。冒険か？　おやつか？　おやつか？　冒険か？　ワンさぶ子は激しく迷っているのだった。おやつか、冒険か、おやつか、おやつか、おやつ……。「ほら、おやつあるよ！」と手を振ると、一目散に駆け戻ってきた。儚《はかな》い冒険だった。

## 4月某日　旅立ち

東京の大学に進学することになった長男が、家を出た。春なのに寒い日だった。ものすごく自然に、近所のコンビニにでも行くみたいに「またね」「うん」と別れてしまったせいか、離れて暮らしていることをなかなか覚えられない。わが家ではいまだにひとつの部屋に全員で寝ているので、朝、長男が起きたかどうか、つい、布団のあったところを見てしまう。そうそう、もういないんだった、と思うときに、それほどさびしさはない。いなくなったらさびしいだろうと想像していたときが、いちばんさびしかった。元気にやっているだろうと信じている。

### 4月某日　遠近感覚

つねにマイペースで穏やかだった長男が家を出たら、残るふたりの子供たちとの距離感が微妙にずれて、今、遠近感覚を確かめているところ。不意に焦点が合わなくなるような感じだ。ふたりがなんとなく気を遣いあっているのがわかる。

### 4月某日　春休み

高校二年になる次男の春休み毎日やることメモに、「素振り」「体幹トレーニング」などにまじって、「スプラトゥーン」と書いてあって一瞬新たな筋トレかと思う。

### 4月某日　自己紹介

新しい年度が始まって、中学二年生。新しいクラスになり、このところ自己紹介続きだというむすめ。極度の恥ずかしがり屋なので、自己紹介が負担らしい。俯《うつむ》きがちに練習している。

「……みやしたきなこです……美術部です……好きな教科は美術です……好きな犬は柴犬です……」

好きな犬は柴犬……。微妙に情報量が少ない。

### 4月某日　入学式の日程

この日程なら行かざるを得ないだろうという、これ以外にない日程で長男の大学の入学式が行われるので、来なくていい、来なくていい……という念を感じながらも参上する予定。

「ピンポイントでこの日なんて、運命じゃない？」というと息子はあっさり「運命じゃない」といった。

## 4月某日　本屋大賞

授賞式に出席するために上京。大賞受賞者である恩田陸《おんだりく》さんに、前年度受賞者として花束を渡す役だ。今年も会場は華やかで熱気にあふれていた。森絵都《もりえと》さんや西加奈子《にしかなこ》さんや村田沙耶《むらたさや》香《か》さんとお会いして、テンションが上がる。「宮下さん、めっちゃうれしそうですね」と編集者に笑われる。

夜、ホテルへのタクシーの中で運転手さんが「本屋大賞、決まりましたね」と話しかけてきた。「今、ラジオでやってました」。ちょっと迷ったけど「実は私、去年の受賞者なんです」といってみる。「えっ」バックミラー越しに目が合った。降りるとき、わざわざ外から回ってドアを開けてくれた。

自分からいってみたなんて、後にも先にもこのときだけ。最後の最後に、ちょっと気持ちが大きくなったのかも。一年間、どうもありがとうございました。楽しませてもらいました。

## 4月某日　入学式

昨日の雨が一夜明けて青空に。桜もまだ残っている。気持ちのいい日。ホテルの最寄り駅で長男と待ち合わせ。スーツなのにネクタイをしていない。結べなかったという。私も結べない。どうすんだ。駅のホームでスマホで結び方を検索して、ああでもないこうでもないとやっているカッコ悪い親子。入学式自体は、ふつうな感じだった。応援団が出てきたり、チアが踊ったり、オケや合唱団の演奏があったりしたのはよかった。期待値が高すぎたのか、いつまでたってもおもしろくならない総長の式辞の途中で寝てしまう。長い式辞だった。寝ても寝ても、まだ話していた。私はこの大学には入れないなと思う。

式の後、お昼を食べて、品川駅で長男と別れる。二、三歩歩いてからふとふりかえったら、長男もこちらをふりかえったところだった。にこっと笑って、人込みに消えていった。あの子はだいじょうぶだ、と思う。しあわせな気持ちで新幹線に乗る。

## 4月某日　お土産話

この数日間に起こった素晴らしい出来事や会えた人たちのことを話そうとしたが、夫とむすめはそれぞれ仕事や学校に出かけてしまい、家にいた次男は母の話を聞くとき目が死んでいるので、ワンさぶ子に事細かに話してさしあげた。ワンさぶ子も、途中で寝たふりをしはじめた。

## 4月某日　打ち合わせ

光文社のいくつかの文芸誌に書いてきた短編が、一冊の本に編めるくらいたまっている。それを単行本化しましょうというありがたい打ち合わせ。どんな順番で、どんなふうにまとめるか。読み返すと、案外よく書けているものと、ものすごく歯がゆくて恥ずかしいものと、こんなこと考えて書いてたんだなぁと思うものと、出来不出来が混在。自分の書いたものには、なかなか冷静になれない。しばらく考える。

## 4月某日　一筆啓上賞《いっぴつけいじょうしょう》顕彰式

福井県坂井《さかい》市と丸岡《まるおか》文化財団が主催する賞。今年から選考委員をさせてもらっている。次男(16)が、選考委員長の小室等《こむろひとし》さんのお名前を、「こむろ……など?」と読んだのが本日のハイライト。カリスマ的なシンガーソングライターなんだがな。

## 4月某日　のぼるちゃん

ワンさぶ子の散歩のときによくすれ違う黒い柴犬。飼い主の婦人に、のぼるちゃん、のぼるちゃん、と呼ばれているので男の子だと思い込んでいたが、本日、女の子だったことが判明。すわって用を足していたのだ。ワンさぶ子とふたりで、思わず二度見。

「のぼるちゃんって女の子だったんだ……」

「のぼるって名前、おかしくない?」

ワンさぶ子がいうな、という気もしなくもない。

## ワンさぶ子のおやつタイム

わたしの名前はワンさぶ子。三歳と二か月の、白い柴犬です。ワンが苗字《みょうじ》ですかとよく聞かれるけれど、ちがいます。宮下ワンさぶ子です。

今日で宮下家にもらわれてきてちょうど三年。小さいときはかわいかったとみんなはいうけれど、わたしは今だってかわいいです。世界で最もかわいい柴犬だと、おかーさんがいつもいっています。柴犬というのは世界で最もかわいい犬だから、世界で最もかわいい柴犬の中で最もかわいいという、とんでもない犬がわたしです。お手とおすわりと待てと伏せができます。

ここの家の子供たちは、北海道で暮らしているときに新しい家族になる白い柴犬を夢見ていたそうで、すでに名前も「ワンさぶ子」に決まっていました。三年前に福井に帰ってきたら、その夢にそっくりのわたしを見つけてびっくりしたそう。わたしはすぐにもらわれてくることになりました。ここの家は、おとーさんとおかーさんとこどもたちが三人。そういえば、上のおにーちゃんを最近見ません。少し前に「とうきょうへ行く」って出ていきました。今月から、大学生になったらしいです。いつ帰ってくるのかなあ。今度、散歩の途中でとうきょうへ寄ってみよう。まんなかの男の子は高校二年生。いつも頭を撫《な》でてくれます。三年経《た》ってもおそるおそる撫でるのって、なんで？　いちばん下が女の子で、きなこちゃんっていいます。中学二年生。わたしの子分。いつも新しいお水に替えてくれて、ごはんをくれる、わたしの子分。ほんとうはわたしの散歩は、おとーさんときなこちゃんで行くことに決まっていました。雨の日も風の日もぜったいに散歩するっていうから、ほかの家族もわたしを引き取ることに同意したんだって。それなのに、去年、きなこちゃんが中学校に上がって、帰りが遅くなってしまいました。待てません。わたしはそんなに待てません。夕方の散歩はおかーさんが連れていってくれることになりました。おとーさんは、仕事でよく北海道へ行きます。すぐには帰ってきません。おいしい鮭《さけ》トバをお土産に買ってきてくれます。おとーさんが留守の間は、朝もおかーさんが散歩に連れていってくれます。おかーさんはやさしい。おかーさんはすてきだ。おかーさんばんざい。

# 5月　はじめての不調

**5月某日　不調**

うちに来てから三年間一度も病気も怪我《けが》もしたことのないワンさぶ子。ところが突然、体調不良のようだ。ごはんも食べず、じっとしている。散歩にも行きたがらない。名前を呼んでも、上目遣いに見上げるだけで、身体《からだ》は動かさない。どうした。どこか具合が悪いのか。

**5月某日　悪化**

今日もまた、何も食べない。散歩に行こうとしない。心配して、実家の母がワンさぶ子の大好物のジャーキーを持ってきてくれるが、ちらりと見ただけで興味を示さない。いよいよ大ごとだ。いつも予防接種に行っている動物のお医者さんに電話をしてみる。症状を説明すると、もう一日様子を見てください、といわれる。ワンさぶ子の体調が悪いと、こうも気が滅入《めい》るものか。

### 5月某日　小康

相変わらずごはんは食べない。おやつもいらないという。でも、水を飲んでいる。散歩には行かないけれど、トイレに用を足してあった。えらい。賢い。ほんの少し、回復の兆し。

### 5月某日　初めての帰省

長男から、東京駅のジャンプショップで弟や妹へのお土産を選んでいるらしいＬＩＮＥが送られてくる。

「きなこ（仮名）って、『ハイキュー!!』好きだよね。どのキャラクターが好きなんだっけ？」

わからない。きなこはまだ学校だ。

「電車の時間ぎりぎりまで待つから、帰ってきたら知らせて」

その後、長男に連絡を入れると既読になるも、返信はない。十八時半の新幹線のはずだから、まだ余裕はあるはず、と思いつつ、そこはかとない不安。なにしろ長男は独自の時間感覚を持っているのだ。やがて「品川駅の構内を走ってぎりぎりで乗れた」と連絡あり。いや、なんで品川？　東京にいたよね？　東京から乗ればいいんだって。次の駅が品川なんだって。まだ東京の駅の位置関係がわかっていないみたいだ。わざわざお土産を買うためだけに、東京駅へ出て、また山手線で戻ったもよう。

### 5月某日　熱烈歓迎

ひと月強ぶりに帰ってきた長男を見て、ワンさぶ子が驚喜。長男の姿を見た途端、立ち上がってしっぽをぶんぶん振っていて、家族の目はそのしっぽに釘付《くぎづ》け。振れるんじゃん！　っていうか、体調、戻ったの⁉

長男は、「おかえり〜」と帰ってきた。つられて、ただいま〜、といいそうになる。長男はなぜか、おかえりとただいまが覚えられなくて、いつも間違ったほうをいってしまう。

### 5月某日　ローカル線

出かけようとして、えちぜん鉄道って一時間に二本しかないの？　と本気で驚いている息子（帰省中）は、駅に行けばいつでも電車が来るものだと思っていたらしい。いつから東京の子になった。先月まで、えちぜん鉄道の線路沿いの家で暮らしていたくせに。

### 5月某日　復活

ようやく、本調子に戻ってきたらしいワンさぶ子。夫との散歩で、久々の全力疾走を（夫が）したそう。涼しい顔で帰ってきた。よかった。ほんとうによかった。

### 5月某日　自転車の鍵

次男の自転車を乗り回していた長男が、自転車の鍵をポケットに入れたまま東京に帰ってしまったため、次男が妹の愛らしい自転車で登校する事案発生。

### 5月某日　母の日

母の日だから、子供たちふたりで夕ごはんをつくってくれるという。ハンバーグと、スープと、おいしいサラダ。じゃあスープくらいはつくるよ、というと、「いいから、いいから、ママはそっちでしゃがんでてね」。ずっとしゃがんでるのつらい。

おいしいごはんでじゅうぶんしあわせだったのに、子供たちから色紙をもらう。美術部のきなこによる渾身《こんしん》の絵と、家族四人からの感謝のメッセージが書かれていて泣ける。東京にいる長男からのメッセージもあって、なんと用意のいいことか。連休に帰ってきたときにこっそり書いてもらっておいたらしい。グッジョブ。次男のメッセージが抜群にうまい。趣向を凝らしすぎて失敗することもある次男だが、今回はばっちりだった。おかあさんは感激しました。母の日を考案した人って誰だ。私は今、あなたにお礼をいいたい。

### 5月某日　打ち合わせ

先月に引き続き、熱い打ち合わせ。光文社の短編集は刊行することに決まりました。今日はさっそく、短編の並び順や、装丁の相談など。タイトルも考える。十年以上担当してくれている編集者の口から「つぼみ」という単語が漏れる。花開く前の、やわらかなつぼみの時期にいる人たちを書いた短編集なのだ。つぼみって、いいタイトルじゃないかしら。つぼみ、つぼみ、つぼみ。

ああ、刊行するとなったらすごく楽しみ。

### 5月某日　学祭

仕事（コンサート）で上京する、まさにその日に息子の大学の学祭が開かれるなんて、

「これって、運命じゃない？」

「運命じゃない」

既視感ある息子との会話をスルーして、学祭を覗《のぞ》きにいく。ものすごい人出。ものすごい暑さ。すぐにへとへとに。大学生、元気だ。思いがけず地元のテレビ局の取材を受けたりしてしまった。

### 5月某日　『羊と鋼の森』コンサート

横浜にて、ピアニストの金子《かねこ》三勇士《みゆじ》さんと、調律師の外山《とやま》洋司《ひろし》さんと、宮下と、「『羊と鋼の森』を歩く」コンサート。青葉台《あおばだい》の五百人収容のフィリアホールが満席に。舞台の上で聴く金子さんのショパンやリストは素晴らしかった。ベートーヴェンにも、バルトークにも、スカルラッティにも、心がもみくちゃにされた。私がこの世に別れを告げるときは、金子さんの「別れの曲」を流してほしい。舞台の上なのに涙が出た。

**5月某日　NCIS日比谷野音《ひびややおん》**

一年ぶり二度目のNothing’s Carved In Stoneライブ、日比谷野音。長男と、高校の同級生とそのだんなさんと、四人で行く。すごくよかった。すごーくよかった。そもそも最新アルバム『Existence』が傑作だったのだけれど、そこからの曲と、これまでのよかった中からよかった曲をやるのだから、よいのは当然といえば当然かもしれない。去年の野音ライブがあまりにもよくて、その勢いで本を一冊つくらせてもらった（『僕らにとって自由とはなんだ』）。村《むら》松拓《まったく》さんの声がさらに進化していてびっくりだ。胸がいっぱい。「村雨の中で」で空を見上げる。涙がこみ上げる。生きててよかった。

**5月某日　しっぽ一回**

三日家を空けて帰ってきたら、ワンさぶ子が「ぴこん！」と一回しっぽを振ってくれた。「わ、おかーさん、ちょっと久しぶり！」くらいの感じか。

**5月某日　お誘い**

自営業者は家で仕事をしているときこそ大変に忙しいんだが、そんなことは露知らぬかわいい白柴が、「お暇なら遊びませんか」としじゅう誘いにくる。うむ、遊ぼう。

## 5月某日　ボールごっこ

ボールをテーブルの陰に隠しておいて、ワンさぶ子に「ボール持っておいで」というと、探すのがめんどくさかったのか、近場にあった紐を結んだおもちゃをくわえて持ってきた。

「ワンさぶ子、ボールよ、ボールを持ってきてちょうだい」

もう一度いうと、小首を傾げて無垢な瞳で私を見上げ、「これ、ボールですけど？」という。とぼける演技に感心する。ぜんぜん無垢じゃないし、平気で嘘ついてるし。

「じゃあ、それがボールなら、ぽーんって投げてみてよ」

さらにいってみた。普段は、投げたボールが転がるのを追いかけて取ってくるまでがセットなのだ。ワンさぶ子は平然と紐のおもちゃをぽーんと放り、それがまるでボールであるかのように取りに行ってちょこちょこ小走りに戻ってきた。そうして、おすわりして、「おかーさんにボール持ってきたわたし、えらい」と得意げに胸を張った。子育てってむずかしい。これはボールではないと厳しく突き返すべきか（たぶん正解に近いのはこっち、でも一回嘘を看過したことになってしまう）、紐をボールに見立てて遊ぶ行為につきあうべきか。ワンさぶ子の精神年齢の設定によっても正解は変わるだろう。隠してあったボールを出して、私が投げる。ワンさぶ子はうれしそうに、ぴゃっとボールを取りに走っていった。

## ワンさぶ子のおやつタイム

今月のわたしは、ちょっと体調を崩してしまって、あまり遊べませんでした。でも、今はもうすっかり元気です。心配をかけてすみませんでした。それにしても、何がいけなかったんだろ。散歩の途中で食べちゃったあれかな？　それとも、あれかな？　おかーさんが「こらっ！」と怒るんだけど、拾い食いって、素晴しくおいしいですよね。拾い食いは文化だと思います。

今月もおかーさんは、ご機嫌でした。楽しいことがいっぱいあったみたいです。しょっちゅう歌っています。僕らにとって自由とはなんだ〜。そんで、「ああ、私は自由だなあ」ってうれしそうにいいます。しあわせなひとです。自由っていうのはね、おいしいごはんを食べて、好きなだけ眠って、散歩に行って、ボールで遊んで、おやつもらって、またお昼寝して、散歩に行くの。バッタを追いかけたり、カラスと話したりして、歩き疲れたらおうちに帰る。そういうこと。でしょ？

あと、庭にトマトとバジルとスイカを植えました。わたしもお手伝いしました。手伝わなくていい、っていわれたけど、わたしは親切な働き者です。植えたところを掘ったり砂をかけてあげたりしました。おとーさんときなこちゃんが、「わーっ、やめて！」って叫びました。

# 6月

## 毎日楽しいね

### 6月某日　気遣い

ワンさぶ子の食事は、基本的にはドッグフードだ。あとは、朝の散歩の後に私の実家に寄って、父母からおやつをもらうのを楽しみにしている。それと、私がつくるグリーンスムージーをお皿にひとたらし。グリーンスムージーの中身によって、よろこびいさんで舐《な》めるときもあれば、匂いでわかるのか、まったく口をつけないときもある。好きじゃない味のときでも、ちゃんと舐めるふりをして、ぺろっと舌を出し、チラッと私を見上げ、「ほら、食べてるでしょ？」という顔をする。そのまま残すと悪いと思うらしい。気を遣っているんだなあと思うと健気《けなげ》だ。でも、私がその場を離れると、お皿は放置される。今朝はすごく苦手な味だったらしく、後で見たらお皿がひっくり返されていた。星一徹《ほしいってつ》か。

### 6月某日　かわいい

家族で何か話しているときに、「かわいいね～」などといおうものなら、すかさず聞きつけて、リビングのガラス戸の向こうに現れるワンさぶ子。

「呼んだ？」

かわいいというほめ言葉はすべて自分のために使われると思っているらしい。しあわせな白柴。

### 6月某日　めがね

まゆげどこ？　とむすめに聞かれて、思わず自分の眉毛が目の上にちゃんとあるか確かめる。

「あ、ちがう、めがねだった。めがねどこ？」それから、目元に手をやり、

「あ、あった。めがねかけてた」

普段はめがねをかけないので、かけていることを忘れてしまうらしい。それにしても、眉毛とめがねは取り違えるようなものだろうか。どこからつっこんでいいのかわからない。

### 6月某日　二重まぶた

ずっと一重まぶただったむすめの顔が、年齢とともに少しずつ変わってきて、右目だけ二重になりつつある。二重はいやだ、一重のままがよかったと嘆くむすめ。ところが、ある朝起きたら、なぜかまた両目とも一重に戻っていた。

「わーい、一重だー！」

歓声を上げたのも束《つか》の間《ま》、しげしげと鏡を見ながら、

「こうなってみると、二重がよかった」

慎重に言葉を選んで、「一重でも二重でもかわいいと思うよ」というと、

「ワンさぶ子みたいな二重がよかった」

聞きつけたワンさぶ子の耳がぴくっとこちらを向く。心なしか自慢げにまばたきをしてみせている。ワンさぶ子はふさふさした白いまつげのおかげで、まるで二重まぶたのように見えるのだった。

### 6月某日　贅沢《ぜいたく》

えちぜん鉄道に、いつもはひとりだけの可愛いアテンダントさんがふたり乗ってきて（研修中らしい）、そしたらすわっていたおじいさんがにっこにこ顔で、

「なんで？　なんでふたりも乗ってくるの〜」

それはそれはうれしそうにいったので、車両全体がとてもしあわせな気分に包まれる。

### 6月某日　番組審議会

地元のテレビ局の番組審議会の委員になって、六年目。番組を注意深く視聴し、その感想や意見、その他もろもろ番組に関することを話し合う会なのだけど、たまに孤独を感じることが

ある。委員十数名のうち、多くの委員からの評価が低いときに限って私だけ高得点をつけていることがある。今回はほぼ全員が「感動した」「よい番組だった」「ぜひコンクールで最優秀賞を取ってほしい」などと熱く語っている中で、私ひとりが低評価をつけていた。私はあまのじゃくではない。わざと人と違うことをいって悦に入るような青さもない。それなのに多くの人と反対の感想や意見を持つというのは、いわゆるポピュラーを探り当てられないということではないか。たくさんの読者におもしろいと思ってもらえる小説を書きたい作家としては、どうなんだろう。うなだれて帰る。

**6月某日　ホーム**

出身高校の大規模な同窓会。実はそういうものがあまり得意ではないのだけれど、熱心な後輩に頼まれて自分の文章の朗読とトークイベントをすることに。準備を重ねて臨んだこの日、同窓会の底力を見た。圧倒的なホーム感。私のつたない話にうなずいてくれたり笑ってくれたり、ものすごく温かい場だった。朗読の際は、何百人もいる会場が水を打ったようにシーンと静かになって、鳥肌が立った。こんなふうに応援してくれている人たちがいる、ということを忘れないようにしよう。

**6月某日　装丁**

光文社から出る新刊『つぼみ』の装丁案が送られてくる。日本画家の岩﨑《いわさき》絵里《えり》さんの作品

「かなたのひかり・せかいのはじまり」を使わせていただいている。すごく素敵。すっごく素敵だ。

## 6月某日　読書サロン

芦屋《あしや》にて読書サロン。新聞に掲載された掌編「左オーライ」について話せばいいので、少し気は楽。自分の書いたものについて、ほんとうのことを語れるのは自分だけだ。

普段はそう思ってしまいがちだけれど、読む人は私が想像もしなかったようなものを小説の向こうに読み取っていることがある。それはそれでほんとうのことだと思うのだ。書いたときは私のものでも、読んでくれる人が出現した瞬間にその人のものにもなる。読者とのやりとりの中でそれを感じられると、しみじみうれしい。

イベントの後、サイン会の会場で、春に買ったワンピースと同じものを着ているおばさまを見つけて、思わずお歳《とし》を聞いた。七十歳だそう。ちょっと若いかと気にしつつ買ったワンピースだったから、俄然《がぜん》勇気が湧いた。

## 6月某日　父の日

むすめがハンバーグをつくり、グラタンを焼き、家族全員からのメッセージ入り色紙をプレゼント。夫は感涙していたが、母の日を経験した私から見ると、二番煎じ感は否めない。ほほ。すみませんね！

### 6月某日　合格体験記

次男が高校から「進路のしおり」なるものをもらって帰ってくる。中に、今春の合格体験記が載っていた。なにげなくページをめくっていたら、長男と同じ大学に現役で五人受かっていて、そのうち四人が体験記を書いているのを発見してしまった。笑える。長男だけ、声もかからなかったのはなぜ？　合格体験記を依頼されないところまで含めて、彼の受験は彼らしくてとても味わい深かったなあ。

### 6月某日　予測変換

いつも大変お世話になっております、と打とうとしたら、「大変」の予測変換で勝手に「大変遅くなって申し訳ありません」と出てきた。私のパソコン賢い子。いつも謝らされている不《ふ》憫《びん》な子。

### 6月某日　若返る

モーニング娘《むすめ》。’17のコンサート。ほんとうは書評家の大森望《おおもりのぞみ》さんと行くはずだったのだけど、大森さんが行けなくなったため、急遽長男と行くことに。九段下《くだんした》で待ち合わせて、改札の向こうに見つけた久しぶりの息子は、なんというか、福井を出たときのまま、まったく洗練されていない感じがむしろ潔かった。よく、歌謡曲で「都会に行っても変わらないでいて」的な歌詞があるが、変わらないなら変わらないでちょっと歯がゆい。

コンサートは圧巻だった。まばゆい。かわいい。カッコいい。楽しい。ほんとうによくできたショー。動画などで観るのと、生《なま》で観るのとでは、輝きが違う。観に行けてよかった。「なんか十五歳くらい若返った気がする」と私がいうと、「そりゃまた大きく出たね」。長男が穏やかに笑った。

## ワンさぶ子のおやつタイム

夕方、いつものようにおかーさんと散歩しました。蒸し暑い夕方だけど、散歩はいつも楽しいです。道の向こうからきれいなおねえさんが大きな柴犬の子を連れてやってきました。わたしはうれしくなって、「わーい、遊ぼ！　遊ぼ！」とお誘いしました。大きな柴犬は男の子みたいだけど、なんだか感じが悪くて、急にしっぽを下げて、「バウバウバウ！」って吠えました。何をいっているのかはわかりませんでした。男の子を連れているきれいなおねえさんが、「バウじゃねえ！」って男の子を叱りました。男の子はバウをやめ、今度は、「アオアオアオ！」って鳴き声を変えてこちらに向かって吠えてきました。きれいなおねえさんは、「アオでもねえ！」ってまた叱りました。「お嬢さんに謝んな」男の子は困って、クゥーンっていいました。お嬢さんってわたし？　だったら気にしないで。ぜんぜんだいじょうぶ。それより、遊ぼうよ。ねーねー、何して遊ぶ？　走る？　ねー走る？

そしたら男の子がまた、バウバウバウ！　って吠えたから、おねえさんは、「バウじゃねえ！　アオでもねえ！」って叱りながら男の子を連れて去っていきました。

わたしとおかーさんは、ぽかんとふたりの後ろ姿を見ていました。でも、すぐに気を取り直して、電車とかけっこすることにしました。ちょうど来たえちぜん鉄道と競走して、もちろんわたしが勝ちました。いつも、わたしの勝ちです。おかーさんが二番、えちぜん鉄道が三番でした。ふふん。

# 7月
## 福井は亜熱帯

**7月某日　猛暑**

暑くて散歩がつらい。ワンさぶ子も同じ気持ちのようで、玄関でリードをつけようとすると逃げる。外へ出たくないのだ。日焼け止めを塗り、ツバの広い帽子をかぶり、準備万端でワンさぶ子の心の準備が整うのを待つが、いつまでたってもリードをつけさせようとしない。

「じゃあ、もういいよ、おかあさんひとりで散歩行っちゃうからね！」

しびれを切らしていうと、

「どうぞどうぞ、いってらっしゃーい！」

満面の笑みのワンさぶ子に送り出される。

**7月某日　修業**

隣に住んでいる実家の父母は、いつもはワンさぶ子と夕方の散歩に一緒に行くのだけど、ここ数日は暑すぎて危険。今日は私がひとりで行くからいいよ、といったら、そうだなぁ、とうなずいていた父だったが、炎天下、麻雀《マージャン》しに機嫌よく出かけていったのをしっかりと見た。父は、やっていた会社を七十歳で引退し、後はどうやって暮らそうかのんびり考えるといっていた矢先に、出場した会社麻雀大会で優勝して福井県代表として全国大会に出ることになった。以来、修業と称して毎日麻雀に出かけていく。雨の日も、風の日も、猛暑の日もだ。友達はできるし、頭の体操にもなるし、いいことずくめだそうだ。ときどきワンさぶ子にも麻雀を教えている。毎日とても楽しそうでうらやましい。

## 7月某日　冷やしスマホはじめました

お昼ごはんをつくろうと冷蔵庫を開けたら、朝から探していたスマホがひんやり冷えていました。

## 7月某日　マナー

駅で、小学校低学年くらいの男の子が駅員さんに何か尋ねていた。駅員さんが話をよく聞くために、男の子の目線と合うよう膝を折って両手を膝に置いたら、男の子のほうも見よう見まねで膝を折って両手を膝に当てていた。

## 7月某日　文庫発売

『神さまたちの遊ぶ庭』の文庫版、発売。北海道の山奥トムラウシで家族で暮らした一年間の記録だ。この本は、単行本で読んでくれた方みんなが好きだといってくれる奇跡の一冊。懐かしくて、愛《いと》おしくて、もうよくよく知っているはずの本なのに、ついついページをめくってしまう。小学生と中学生だった子供たちがそこにいて、ワンさぶ子は子供たちの妄想の中に出てくる白い犬として登場している。

## 7月某日　コンビニの勇者

出張先でコンビニに入る。おやつと飲みものを買ってホテルに行き、部屋で袋を開けたら、買った覚えのないヨーグルトやクラッカーまで入っていた。おまけで入れてくれた？　そんなわけないよね。たぶんレジの人が間違えて誰かの買った商品まで私の袋に入れてしまったのだ。はぁ、めんどくさい。私の責任じゃないし、コンビニまでけっこう遠いし、もう夜も遅いし、高額な商品でもないし、返しに行く義務はないよね。そう思ったけど、戻った。レジのところへ行くと、店員さんと外国の人がふたり、揉《も》めていた。もしかして、消えた商品のせいだろうか。だとしたら、かなり長い時間揉めていたことになる。怒られるかな、嫌だな、と思いつつ、「すみません、これが入ってたんですけど」とヨーグルトとクラッカーを見せると、揉めていた人たちの顔がぱぁっと明るくなり、「オー、サンキュー！」といってくれた。レジの人も笑顔になって、「ありがとうございます！」とうれしそうだ。そうしたら、その場で成り行きを見守っていたらしい人たちが拍手を始めた。奥からも店員さんが現れて拍手をしてくれる。いや、えっと、そんな、と頭をかきながら、拍手の中をコンビニから退場。普通のことをしただけなのに、なんだかいい人になった気分。こちらこそありがとう、だ。気分よくホテルまで歩いた。

## 7月某日　気遣う息子

「そういえば、新しい眼鏡ってもうできたの？」

次男が思い出したように聞いてきた。

「うん」

笑顔でうなずく。母親が新調した眼鏡まで気にかけてくれるなんて、よくできた息子だ。しかし、君の目の前の母が先月からかけている眼鏡が、その新しい眼鏡なのだ。

## 7月某日　夢

幼い頃から小柄だったむすめは、大きくなりたいといつも願っている。夜、蒲団に入る前にこっそりと夢を語ってくれた。

「明日の朝、目が覚めたら、蒲団から身体がにゅーんってはみ出すくらい大きくなってたらうれしいなあ」

さすがにそれは大きくなりすぎだと思うが、夢であるならいくらでも見るがよい。

## 7月某日　日焼け

連日の陽射《ひざ》しの強さのせいで日焼けしたのか、白柴だったワンさぶ子が若干茶色くなってきた気がする。特に両耳がこんがり焼けて、おいしそうなきつね色だ。

## 7月某日　ほめ加減がわからない

夏休みの初日から宿題をやっている次男に驚愕《きょうがく》し、ものすごく立派だとほめると「それほど驚くようなことでも、ほめられるほどのことでもないはず」といわれた。長男と次男があまりにも違うので、目盛りの設定がおかしくなる。

## 7月某日　ほんとうのこと

今日びっくりしたこと。「それは余計なことなのでけっこうです」といいたい場面があったがグッと飲み込んで、笑顔をつくって、明るくハキハキと、「大きなお世話です！」といってしまったこと。びっくりした顔の相手と、もっとびっくりした自分……。

## 7月某日　勉強するために

暑すぎて東京では勉強できないので、勉強するために一週間だけ福井に帰るという長男。福井も暑いし、だいたい福井で勉強してるとこ見たことないんですけど。

**7月某日　帰還**

三月に上京して以来髪を切っていなかったらしく、修行僧のような趣で帰ってきた長男。勉強するには暑すぎるので帰ってきたといっていたが、家で妹とアニメを観ている。

**7月某日　眼鏡**

コンタクト持って帰ってくるのを忘れたといい、眼鏡も置いてきたといい、え、じゃあその眼鏡は？　とよく見たら今日一日ずっと私の眼鏡をかけてた長男はすごいなと思う。

**7月某日　またね**

むすめが夏休みの宿題をやっている。英語のワークを覗いたら、See you soon. を、「ソンさん、またね」と訳していたのが本日のハイライト。

**7月某日　ジェンダー**

散歩の途中、黒柴のぼるちゃんとすれ違う。のぼるちゃんと呼ばれているけれど、どうやら女の子らしいことに、ワンさぶ子と私は春頃気がついた。のぼるちゃんのおかあさんは年配の婦人で、いつものぼるちゃんだけを見ているので、通り過ぎるときに会釈すらしない。ワンさぶ子と私のことなど眼中にない感じだ。

今日ののぼるちゃんは、夏に向けてか、さっぱり小綺麗《こぎれい》に毛が短くなって、青いバンダナを首に巻いていた。

「のぼるちゃんってやっぱり男の子なんじゃ……？　美容院でバンダナ巻いてくれるとき、女の子に青は使わないよね」ワンさぶ子にささやくと、あきれ顔で見上げられる。

「おかーさん、考え方が古いよ。女の子だから赤だとは限らないでしょ」

うーん、犬の世界でもそうなんだろうか。首を傾《かし》げながらふりむくと、のぼるちゃんもふりかえってワンさぶ子を見ているところだった。すぐに婦人にリードを引かれて連れていかれてしまった。

「女の子でも男の子でもいいよ、のぼるちゃんはのぼるちゃんだよ」

ワンさぶ子の言葉はちょっとカッコよさげだが、たぶんどうでもいいってことなんだろう。

### 7月某日　『つぼみ』装丁

来月出る新刊『つぼみ』のカバーの色校《いろこう》が届いていてうれしい。うおおおおっと小さな声で叫びながら、家族に見せてまわる。

「え、待って、かわいい」

ワンさぶ子がまるで女子中学生みたいなコメントをくれた。

### 7月某日　忘れ物

先週、わざわざ帰省してまで大事な試験勉強をしていたはずなのに、長男が東京に戻っていった数日後に、教科書が置き忘れてあるのを見つけてしまう。試験、だいじょうぶだったんだろうか。

### 7月某日　再会

本屋さんでばったり会った小学校の同級生に「えっ、宮下奈都ってあなただったの！」といわれたのがちょっとうれしかった。なんか光栄。

## ワンさぶ子のおやつタイム

毎日わたしを散歩に連れていってくれるのは、おかーさんです。夕方の散歩は、健康のためにもいいからといって、近くに住んでいるおかーさんのおとうさんとおかあさんも一緒に来てくれます。わたしは家来を大勢従えて歩くのが好きなので、人数は多ければ多いほどうれしいです。学校が早く終わった日は、きなこちゃんも来てくれます。お休みの日は、おとーさんが散歩担当です。おとーさんは走ってくれます。おとーさんの全力疾走は、わたしにとっては軽いジョギングみたいなものなんだけど、それでも走ってくれるのはほめてあげたいと思います。

まず、わたしたちはアイコンタクトを取ります。わたしがおとーさんをチラッと一回見たら、「走る？」と聞いているときです。おとーさんがうなずいた瞬間がスタートの合図です。百メートルくらいダッシュ。リードをつけたまま走るので、おとーさんを引きずらないよう、スピードを調節します。おとーさんの歩幅が狭まったら、そろそろ終わりの合図です。速度を緩め、少し歩きます。

それからまた、チラッと見るところから始めます。チラッと見て、おとーさんがうなずく。走る。またチラッと見る。またうなずく。また走る。その繰り返しです。

チラッを知らないまわりの人からは、突然走り始めるように見えるらしく、ものすごく驚かれます。一度、きなこちゃんのおともだちのおかーさんが偶然見ていたらしくて、すぐにおかーさんに、「旦那さんとワンさぶ子ちゃん、すっごい全力疾走してたよ！」とＬＩＮＥが届きました。きなこちゃんは、町なかをいきなり全力疾走しはじめるおとーさんをおともだちに見られるのは、あまり好まないといっていました。

# 8月

## この夏もトムラウシへ

### 8月某日　やっと梅雨明け

福井、頭がくらくらするくらい暑い。と思ったら昨日梅雨明けしていたらしい。朝、ワンさぶ子の散歩に出たとき、腕に陽射しが当たってジュッていった！　皮膚が焦げくさい。ワンさぶ子は日陰の道を選んで歩き、早々に回れ右して帰ろうとしている。

### 8月某日　「いまだよ」

ＮＨＫ合唱コンクールの福井大会を観に行く。今年の小学生の部の課題曲の作詞を担当させてもらったのだ。福井大会は、三校。たった三校なのに、こんなに違うものか。歌うテンポも、強弱のつけ方も、子供たちの表情も。それぞれの解釈があって、それぞれの表現があって。歌というのは、誰が歌っても同じ歌なんてことはありえなくて、歌う人によって、歌そのものまで変わる気がする。作詞者が聴いても、どれが正解かはわからない。私の中の「僕」と、それぞれの「僕」は、顔も背丈も性格も違って、それぞれが魅力的だった。ああ、いい歌だったなあ。

**8月某日　選択肢**

もうすぐ北海道への家族旅行。出発前に少しでも宿題を終わらせようと、問題集と格闘するむすめ。これわかるー、豊臣秀吉《とよとみひでよし》だー、とはりきって答えようとした問題の選択肢に豊臣秀吉がなくて急に静かになった。

**8月某日　でかした**

ひと足先に夫と長男だけ北海道入り。私と次男とむすめは後から合流する予定。家族の心配は、東京から行く長男が無事に飛行機の時間に間に合って乗れるかどうか。家族ＬＩＮＥで、「そろそろ家を出る時間」「浜松町《はままつちょう》で乗り換え？」「品川で京急《けいきゅう》だとわかりにくいよ」などとメッセージが飛び交う。なにしろ度を越したのんきなのだ。やがて、「乗れました」と連絡あり。飛行機に間に合っただけで「えらい」「でかした」「やればできる子」と家族中からほめられる、愛すべきみそっかす、長男ヒロト（仮名）。

**8月某日　前世**

旅行で家を空ける間、ワンさぶ子の面倒を見てくれるのは、実家の父母だ。毎日、夕方の散歩に一緒に行くので慣れたものだ。そもそもワンさぶ子は実家の父母が大好き。特に母には、初めて会った瞬間から異様になついていた。母にだけは心を全開にしているのがわかる。きっと前世でも母に飼われていた犬だったのだろう。

## 8月某日　有能

十日間の旅行に、リュックひとつ、ラケット一本という軽装で行く、旅慣れた次男。リュックにはバドミントン用のシューズも入っていて、あとは着替えだろうか。次男は働き者だから、きっと旅の途中で洗濯して着回すつもりなのだろう。

行きの小松《こまつ》空港で、私がお土産を買いすぎて、入れてもらった紙袋の持ち手が切れてしまった。すると、次男がおもむろにリュックからテープを取り出し、さっと修理してくれた。どんだけ有能なんだ次男のリュック。

## 8月某日　トムラウシへ

麓《ふもと》の町から車で上っていくうちに、どきどきしてくる。山の中、湖のほとり、大きな赤い橋、延々と走ってきて、「この先、小中学校あり」という小さな看板が見えると、きなこが声にならない声をあげる。わかるよ。うれしいだけじゃなく、懐かしいだけじゃなく、あのときの自分がそこにいるような、なまなましさが身に迫る。友達がいる。でも、その友達は今も変わらぬままの友達だろうか。自分はどうだろうか。トムラウシに近づくと、いろんな問いが押し寄せてきて、どきどきする。

**8月某日　トムラウシの森**

山村留学していたときに隣に住んでいたますみさんのお誘いで、森を歩く。元森林管理局の森林官の人にお願いしておいてくれたらしい。専門家の案内で、生い茂る草木の間を進んでいく。ぱっと開けた緑の一角に光が射し、何かがひらひらひらひら舞っている。思わず息をのむ。白い蝶々《ちょうちょう》の群れだった。何十もの白い蝶々が上へ下へ群舞している。神秘的な森。

「森で迷ったら、木を見れば、枝のつき方で方角がわかるって聞いたんですけど」

ますみさんの質問に、森を熟知するってそういうことかな、と思う。木は少しでも太陽のほうへ枝を伸ばそうとするだろう。しかし、元森林官の人はあっさり首を振った。

「木の性格にもよるし、環境にもよるから、そんなこと信じたら余計迷うよ」

**8月某日　温泉にて**

北海道へ来てから、毎日、温泉に入っている。肌の色が明らかに一段白くなった長男を見て、温泉ってほんとうに効能あるんだなあと思う。っていうか、東京でちゃんとお風呂に入っていたのか疑惑が持たれる長男。

### 8月某日　新刊

ついに短編集『つぼみ』が発売に。オホーツク地方の小さな本屋さんに一冊だけ入っているのを発見。買うか、ここで買って読んでくれる人のために残すか、しばし迷う。でも、やっぱり買ってしまった。かわいい子、つぼみ。

### 8月某日　帰福

福井へ帰ってきたら、えちぜん鉄道の最寄り駅で、父母がワンさぶ子を連れて待っていてくれた。そうとは知らなかったから、駅で、なんだかずいぶんきれいな白柴がいるなぁとぼんやり思ったのだった。ワンさぶ子、お前だったのか。お行儀のいい顔をして、きちんとすわって待っていた。私たちを見て、ぴこんぴこんと二度、しっぽを振ってくれた。

### 8月某日　重版

発売四日で『つぼみ』重版の知らせ。びっくりした。こんなことは初めて。買ってくださった皆さま、ほんとうにありがとうございました。

### 8月某日　現実逃避

今日は次男がやたらとピアノの練習をしていると思ったら、明日高校の課題テストらしい。わかりやすく発露する現実逃避。

**8月某日　朗報**

「Ｍａｒｔ」の販促で、もしかしたらワンさぶ子グッズをつくるかもしれないとの知らせが入る。うおおおお！　さぶ子がさぶ子がぁぁああ！　興奮してワンさぶ子に伝えに行き、手に手を取ってしばしよろこびのダンス。

**8月某日　『つぼみ』サイン会**

サイン会の前は、非常にナーバスになって、サイン会なんて何様のつもりか、とか、来てくれる人が少なかったらひとりひとりと丁寧にお話ししたいけどそれも嫌がられるかも、とか、ネガティブなことをいろいろ考える。しかし、始まってしまえば大変に幸福な時間。読んでくれる人がいるって、ほんとうにうれしいことだ。懐かしい人や、びっくりするような人も来てくれた。うれしくてにこにこにこにこにこサインした。一生心に残るだろう素晴らしいお手紙もいただいた。大事に何度も読み返すと思う。

**8月某日　メダカと暇**

むすめの夏休みの宿題のうち、残すは作文のみ。

「ママ、作文得意だった？」

むすめはとても素直な性格なので、他意なく、ほんとうに素直に聞いてくる。

「得意だったよ!!」

大人げない小説家はむきになって答える。

「じゃあ、読んでみてくれる？　おかしいところがあったら直すから」

タイトルは、メダカと暇。メダカと、暇？　何の話だろうと読みはじめてすぐ戦慄《せんりつ》。なにこれ、おもしろい。幼さとまじめさとメダカへの愛情が同居して、そこはかとないやさしさとおかしみが漂う。そして、最後はここに着地するのか！　と驚きを隠せない。夏休みの自由作文は感動や学びを書かなくてはならないという思い込みから完全に自由だ。一字一句直さず学校に提出し、評価を待ちたい。

## ワンさぶ子のおやつタイム

今月もわたしはずっと福井にいました。家族は涼しい北海道旅行へ行ったというのに、わたしだけ連れて行ってもらえなかったのです。ショック!!……と見せかけて、実は、あまり気にしていません。毎年恒例のことです。わたしのことを飛行機に乗せて連れて行くか、フェリーで運ぶか、家族が話しあうのも毎年のことです。フェリーだと丸一日乗っていなきゃいけないし、飛行機だと速いけど暑いところに乗せられるし、と悩むのも毎年のお約束。きなこちゃんが、「ワンさぶ子が行かないならきなこも行かないぃ」と泣きべそをかくのを見るのはつらいけど、わたしはそれよりばぁばの家がいい。おかーさんのおかあさんの家です。ばぁばもトミーもやさしいし、いっぱい遊んでくれるし、おやつもたくさんくれるし、大好き。トミーっていうのは、おかーさんのおとうさんのこと。わたしのことがかわいくてしかたないみたいです。ふふん。

ひそかにお土産が楽しみです。北海道には、いろんなおいしいものがあるらしくて、いつもわたしにも買ってきてくれるのです。今回は、オホーツク海で獲《と》れた鮭トバ（犬猫用）が絶品でした。おいしすぎて、寝言でも「鮭トバ……鮭トバ……」といっていたらしく、家族に笑われました。

# 9月

## ワンさぶ子のおかげで

### 9月某日　朝のお約束

朝、おはよう〜！　とワンさぶ子のところへ行く。ピコッとしっぽが動く。しっぽを振る、というほどではないが、おはようおかーさん、といっているのがわかる。かわいいね、かわいいね、と撫でているうちに、どんどんものっすごくかわいく思えてきて、

私（撫で）「こんなにかわいいのはネコ？」
ワンさぶ子「ちがいまーす」
私（撫で）「こんなにかわいいのはクマ？」
ワンさぶ子「ちがいまーす」
私（撫で）「こんなにかわいいのはイヌ？」
ワンさぶ子「そうでーす！」
私（ガシガシガシ）

ワンさぶ子（ペロペロペロ）
……というのを毎朝やっている。

## 9月某日　用紙のサイズ

次男「レポート用紙、持ってない？」

きなこ「持ってるよ！　何語の？」

今どきはレポート用紙にも日本語用と外国語用があるのか。そう思ったのは私だけではなかったようで、次男が聞き返していた。

「もしかして、英語用のレポート用紙とか、持ってるの？」

「え、Ｂ５とかＡ５とか、あるでしょ」

サイズの話か。っていうか、何５か聞かれていたとは思いもせなんだ。

## 9月某日　兄妹

家に電動歯ブラシがあるのに、むすめは今も手動の歯ブラシを使って歯を磨いている。電動歯ブラシをすすめたら、一瞬口に入れて、わっ！　と出した。

「なにこれ、歯がかゆくなる！」

　わかる。いや、私にはわからないけど、あの兄の妹だということはわかる。昔、初めて電動歯ブラシを使った長男がいったのだ。

「なにこれ、脳みそがしびれてかゆい」

## 9月某日　挑発

「新刊が出たんですね」といってくれた人がいた。「楽しみにしてたんです。図書館で借りて応援します」。そうわざわざいわれると、応援するってどういうことだっけと言葉の意味を知りたくなる。「読みやすいので立ち読みで全部読めました」と一見ほめ言葉のようでおそろしいことをいわれたときも、反応に困った。読んでもらえるだけでうれしい半面、実は、本を買っていただいたお金で小説家は生活しているのであります。

## 9月某日　がんばれ

ワンさぶ子を連れて朝の散歩中に、ときどき見かける男の子がいる。小学校の二年生くらい。黒いランドセルを背負って、いつもひとりで歩いている。私が散歩に出るのは、家族を送り出して、身支度を終えてからだ。つまり、登校する時間には、遅い。だから、彼を見かけると、胸が痛む。朝の会が終わって、一時間目が始まるような時間に、うつむいて、ゆっくりと歩いていく子。ご家族は知っているのか、学校で怒られはしないか、ううん、そんなことより、今、このときだけでも彼の重そうな足取りを軽くしてあげることはできないか。

「おはよう」

声をかけてみる。こういうとき、ワンさぶ子がいてくれてほんとうにありがたい。柴犬を連れているだけで不審者扱いされずに済む。

「学校に行くんだね。えらいね」

できるだけ、明るい声で、笑顔で。男の子は、こくんとうなずいた。

「学校まで散歩するところなんだけど、一緒に行く？」

ワンさぶ子も利口そうな顔を上げて、男の子を見ている。すると、男の子は無言のままちょっと笑顔になった。

とりあえず、よかった。登校するまでが長いのだと思う。行きたくないところへ向かうんだもの、できるだけ気を紛らわせて登校できたらいい。きっと、学校に着いてしまえば、なんとかなる。いや、なんとかならないのかもしれないけれど、通りすがりの身としては、白い犬と歩いているうちにいつのまにか学校に着いていた、くらいのことしかしてあげられない。

「空が青いね」

私の言葉につられて男の子も空を見上げる。

「どこか身体の具合が悪かったり、痛いところがあったりする？」

念のために聞いてみると、だいじょうぶ、と小さな声でいった。かわいい声だった。

男の子は、小学校の校門をくぐってからも、何度もふりむいてワンさぶ子を見ていた。リードを持っていないほうの手を振ると、男の子も振り返してくれた。がんばれ、と心の中でエールを送る。学校で、彼にいいことがありますように。

## 9月某日　気づかれぬよう

急に涼しくなってきた。ほんの半月前まで汗水たらして散歩に行っていたのが嘘《うそ》のようだ。

「なんだか寒いくらいだね」

というと、むすめが声を潜めた。

「やめて、気づかれる」

「え、誰に……」

むすめは黙って空を指差す。

「気づかれて、また暑くなっちゃったら嫌でしょう」

う、うん、それは嫌だね。

## 9月某日　ピアノ1

子供たち三人はずっとピアノを習ってきた（長男は卒業して、東京のアパートに電子ピアノを持っていった）。毎週一回、ピアノの先生が家に来て子供たちのピアノを見てくださる。三人ともお世辞にもうまいとはいえないのだけど、すごくいい先生に当たったおかげで、三者三様楽しんできた。

「これ、みんな嫌いっていうんですよ」

先生がにこにことおっしゃる。指の練習のような、音楽というより、訓練のためのエチュード。それを次男はきちんと延々と練習するのだ。うまくなるための基礎訓練のつもりではなく、純粋にそれを弾くのが好きらしい。ちなみに、先生もその練習曲が好きだそうだが、それは、単調な曲を毎日弾くことで、その日のコンディションがわかるからだとのこと。次男はただひたすら練習するのが性に合っているらしい。好みというのはほんとうに人それぞれだなあと思う。

## 9月某日　ピアノ2

ワンさぶ子はピアノの先生が好きで、玄関からリビングまでの間、先生のすぐ後ろをついて歩く。

「ピアノ、習ってみたいんだよね」

ある日、ワンさぶ子がいったので、

「ちゃんと練習できる？　毎日するんだよ？」

意気込みを確認したら、しばらく考えて、

「やっぱりいいや」と笑った。「忙しいから毎日は無理」

そうして、後ろ足で器用に耳の横を掻《か》いて、自分のスペースへ戻っていってしまった。

## 9月某日　腰痛

朝起きたら腰が痛い。時間が経つにつれ、どんどん痛くなってきて、夜にはすわっていることもできなくなる。

## 9月某日　越《こし》のルビー音楽祭

半年以上かけて取り組んできた福井県立音楽堂の二十周年記念音楽祭。サン＝サーンスの「動物の謝肉祭」を福井の音楽家や学生たちと新しくもうひとつつくる。題して「未来の動物の謝肉祭」。私は脚本を書いた。今日はその本番だ。ステージは充実して楽しかった（ようだ）。ただ、私は腰が痛くてほとんど楽屋で横になっていた。ざんねんむねん。

## 9月某日　散歩

腰痛のため、散歩に行けない。なんとかがんばってゆっくりゆっくり歩くことはできるのだが、ワンさぶ子のリードを引くことができない。朝、いつもより一時間早く起きて、次男ときなこが散歩に行ってくれる。ありがたく見送って、二度寝。

夕方の散歩は、実家の父母がふたりで行ってくれることに。うう、かたじけない。

### ワンさぶ子のおやつタイム

夏の間、省エネモードだったわたしは、涼しくなって元気百倍です。うれしくて遠くまでスキップしていくようになりました。でも、雨の日は別です。濡《ぬ》れるのは嫌なんです。お散歩行きたくないです。わかってほしいです。どうして、おかーさんは毎日お散歩に行きたがるんだろう。

今月は、おかーさんの腰が痛くてあんまり一緒に散歩に行けませんでした。そのかわり、トミーとばぁばと毎日お散歩に行きました。なんでトミーとばぁばも毎日お散歩行きたがるんだろう……。

夏に採りそびれて、ずっと庭になったままだったミニトマトというものを、きなこちゃんがくれました。赤くて、丸くて、ちょっとさわってみたら、ころころ転がりました。思いきって噛《か》んでみたら、変な味でした。「おいしい？」ときなこちゃんが聞くので、いちおう気を遣って「うん」と答えましたが、ほんとうはそうでもありませんでした。

ぺっ

# 10月

## ただでさえ眠れないのに

### 10月某日　デレ

外から帰ってドアを開けたら、ワンさぶ子がたーっと駆け寄ってきて、撫でて撫でてと目を細める。撫でると、頭の後ろから背中にかけてほんわり温かかった。きっと今まで陽の当たる窓辺で日向《ひなた》ぼっこしながらお昼寝してたんだろう。ドアの開く音で起きて走ってきたんだと思う。かわいい。いつも帰ってきたって知らん顔してるのに、たまーにこういうことがあるからかわいい。撫でて撫でて撫で続ける。

### 10月某日　ツン

なんだ。なんなんだ。外から帰ってドアを開けても、「ただいま〜」と声をかけても、物音すらしない。昨日は走って出てきてくれたじゃないの。玄関を上がって様子を見ると、リビングのドアの前で丸まって昼寝をしている。でも、絶対聞こえてるよね。おかーさん帰ってきたの気づいてるよね。覗き込んでいると、ちらりと目を開けて私を見て、またすぐ閉じた。見なかったふりだ。

## 10月某日　ＮＨＫ合唱コンクール

小学校の部の全国大会。いよいよこの日。朝、福井の家を出て渋谷のＮＨＫホールへ向かう。出番など一瞬しかないのにメイクをしてもらって、おいしいお弁当を出してもらって、すぐに本番。全国から地区予選を勝ち抜いてきた小学生たちが、課題曲として「いまだよ」を歌う。私が作詞をして、信長貴富《のぶながたかとみ》さんが素晴らしい曲をつけてくださった。まさか、自分の書いた詞が合唱曲になって、全国の小学生に歌われる日が来るなんて、思ってもいなかった。自慢では、ない。自慢とか、そんな範疇《はんちゅう》を私の中ではとうに超えた出来事だった。子供たちの輝くような歌声は、まっすぐに届いていつまでも胸に残った。この日、ここにいられて、ほんとうによかった。これからの人生で何度も思い返すだろう一日。

## 10月某日　ワンさぶ子クリアファイル

「Ｍａｒｔ」の販促で配布されるというクリアファイルの下絵が送られてきた。井筒啓之《いづつひろゆき》さんの描き下ろしだ。ＰＤＦを開いて、感激。おおお～！　と思わず声が漏れる。ワンさぶ子、かわいい。これはかわいいわ。どうするよ、ワンさぶ子。

## 10月某日　睡眠時無呼吸症候群1

寝ていると、ときどき、フォウッ!!　という自分の喉笛みたいな音で目が覚める。一晩に何度も。これって、噂《うわさ》に聞く睡眠時無呼吸症候群じゃないのか、と疑念を抱きつつ、病院に行くのが億劫《おっくう》で、確かめていない。だいたい、あれって、よくお相撲さんがなるやつだ。太った男性がなりやすいものではなかったのか。でも、今夜もフォウッ!!　で目が覚めた。もしかして、私は太った男性だったのか、と一瞬思う。少なくとも男性ではなかったはずだ。

## 10月某日　睡眠時無呼吸症候群2

家族からも、夜中のフォウッ!!　を指摘され、ついに重い腰を上げる。もしも睡眠時無呼吸症候群だったら、酸素療法というのがいいらしいと知り合いから教えてもらったのも大きい。酸素のおかげで嘘のようによく眠れて、朝の爽快感がすごいのだそう。それを聞いてにわかに期待と好奇心が膨らむ。ぜひ、それを受けたい。朝、眠くてしんどいなんて思わずに、すっきり起きることができたらどんなに素晴らしいだろう。もしも軽症だった場合は保険は利かないけれど、自費で治療をすることができるという（ただし、高価なのだそう）。ああ、酸素療法、やってみたい。すごくやってみたい。せっかくだから中途半端な無呼吸症候群じゃないといいな、と本末転倒なことを考える。

### 10月某日　睡眠時無呼吸症候群3

ついに測る。いろいろな機械を鼻や胸や指やお腹《なか》につけ、身動きが取れない状態に。これじゃぜんぜん眠れないよグー。

結果が出るまで二週間ほど待つらしい。

### 10月某日　また忘れてた

土曜のお昼に親子丼をつくっていて、いつも生協の鶏肉一パックだと家族分ぎりぎり足りるかどうかのはずなのに、なんだか今日は妙に余裕がある。そう思ってから、あ、そうか、長男はいないんだった、と思い出して一瞬の空白。家を出て七か月余り経つというのに、いまだにこんな感じだ。でも次の瞬間に思ったのは、ちょっと取り分けておいて明日のお弁当に使おう、ってことだった。ぜんぜんしんみりしなくて、自分が頼もしい。

### 10月某日　「STORY」？

髪を切りにいった美容院で、「ＳＴＯＲＹ」を出される。鏡の前に置かれて、ご自由にどうぞ、というあれだ。ありがたく読ませていただくが、ほんとは「ＨＥＲＳ」だろう。気を遣われているのを感じる。微妙な年齢のときは、一つ下の世代の女性誌を出すのが鉄則なんだろうと推測。

## 10月某日　不安

長く我慢を続けると、鬱《うつ》や癌《がん》になりやすいという記事を読む。それはそうだろうなぁ、と思って子供たちと話す。我慢が必要なときって、もちろんある。でも、要らない我慢はしなくていい。いや、むしろ、しないほうがいいのだ。そんなことを話していると、むすめが不安そうに、

「どんな我慢？」

と聞いてきた。

「うーん、やりたくないことのための我慢だとか、他人に強要される我慢だとか、意味のない我慢ってあると思うのよ」

考え考え答えると、

「トイレに行くの我慢してたら、鬱か癌になる？」

思わず次男と顔を見合わせる。そういえばきなこ（仮名）はなぜかいつもトイレをぎりぎりまで我慢しているのだ。家できなこが走るときはつねにトイレに向かっているときだ。トイレに行く時間を惜しむってよっぽど人生が楽しいんだろうな。癌や鬱にはならなそうだけど、膀《ぼう》胱炎《こうえん》にはなるから我慢しないでよね。

## 10月某日　睡眠時無呼吸症候群4

結果からいうと、軽度と診断された。仰向《あおむ》けで寝ているときに、呼吸が停止しがちらしい。

最長で五十秒間の無呼吸が確認された。ちなみに、左を下にして寝ているときは、無呼吸にならない。

「え、じゃあ、右を下にして寝ているときは」

「宮下さんは、右向きには眠っていません」

眠ってないってどういうこと。私はいつも右向きの体勢で入眠するのだ。

「たしかに、午前零時から一時と、午前六時から七時の間は右向きに寝てはいますが、この時間は眠っていません」

なんだそりゃ。眠っているつもりで覚醒していたのか。睡眠学習用の時間か。それにしても、五十秒も呼吸が止まってるって、それでも軽度だなんて、じゃあ重度の人はどんなに苦しいんだろう。酸素療法は受けられないことになったけど、軽度でよかった。五十秒以上、呼吸を止めるのは私には無理だと思う。フォウッ!!

## 10月某日　ゴッゴッ

ワンさぶ子がゴッゴッと変な音を立てる。鼻か、喉か、もっと別の器官かもしれないのだけど、まるで睡眠時無呼吸症候群みたいな、私のフォウッ!! と張り合うような、ともかく変な音を出すのだ。苦しそうで心配していると、すぐにけろっとボールを持ってきて「遊ぼうぜぃ」などというので面食らう。きなこが、「ママ、わかった！ 逆くしゃみ症候群だ！ 痛くも苦しくもないし、命に別状ないんだって」と安心した顔で動画を見せてくれた。ほんとうだ、ワンさぶ子と同じような音を鳴らす犬が映っていた。でも、これ、どうやって見つけたの？検索窓を見ると、「犬　ゴッゴッ」と入っていた。それで逆くしゃみ症候群が出てくる。すごい。

## 10月某日　ハライナイト

「ハライ」というのは、私の書いた『誰かが足りない』という本に出てくるレストランの名前だ。物語の中で六組の登場人物たちは、十月三十一日の午後六時に、おいしいと評判のレストラン「ハライ」に行くことを約束している。そのことにちなんで、十月三十一日午後六時に、ツイッター上に「ハライ」が開店し、読者の方々がそこに集う。そんなイベントが、『誰かが足りない』が刊行された二〇一一年から、もう六年も続いている。七回目のハライナイト。今年も一夜限りのハライが開店し、そして閉じた。しあわせな本、しあわせな作者だとつくづく思う。来年もお店が開きますように。

### ワンさぶ子のおやつタイム

朝、まだ暗いうちからおともだちが遊びに来ます。玄関の外に来るのです。それで、ワンワンワン、と吠えるのですが、これはわたしのお仕事みたいなものです。それなのに、元気よく吠えていると、奥の部屋からおかーさんが飛んできて、「鳴かない！」と注意します。「吠えない！」というときもあります。わたしは、「えー、なんでー」と聞きます。「なんでもよ。まだこんなに朝早いんだから、吠えたらお隣に迷惑でしょう」。一応、「はーい」と返事はしておきます。

　でも、玄関の向こうにおともだちが来たら、やっぱり吠えます。吠えますよね？　それが柴犬ってもんです。そしたら今朝もおかーさんが走ってきて、「鳴かない！」というので、「だっておともだちが来てるんだもの」と答えると、おかーさんはパジャマのまま玄関のドアを開けて外を確認し、「誰も来てないよ、まだ早いよ、鳴いちゃだめ」といいました。おともだちって、そんな、おかーさんに見つかるほどのろまじゃないよ。ときどきは姿も見せずに気配だけで来るんだよ。わかってないなあ。「もうちょっと寝てくるから、もう鳴かないで」とおかーさんがいうので、一応、また「はーい」と返事しておきました。あ、ごめん、また来たみたい。

# 11月

## 力がほしい

### 11月某日　かわいすぎる

どんどん日が短くなってきている。仕事が何も進んでいないのに暗くなると、気が焦る。荒《すさ》んだ心を癒すためにリス動画を観て、思わず「かわいすぎる〜」と叫んだら、ワンさぶ子がふりむいたから「ごめんね、君じゃない」といった。次男もふりかえったから「ごめんね、君でもない」といった。ああ、まもなく日没。

### 11月某日　寒い十一月

スキーウェアを送ってほしいと長男から連絡があって、こんな時期にもうスキー？　と思ったら東京が寒いらしい。スキーウェア着るほど寒いってどこの東京。

## 11月某日　腰痛持ちさんへ

腰痛予防のためにストレッチと体幹トレーニングが欠かせない。これまでは、きちんと時間を取ってやろうとしていた。三十分から四十分。それでいつも、夜寝る前ぎりぎりの、はい、あとは歯を磨くか、トレーニングするか、どっち？　みたいな時間になって、こっち、と選ぶのは当然歯磨きだ。もっと早くやればいいとわかっていても、まとまった時間をつくろうとすると、忙しい日中はなかなか難しいのが事実。それで、苦肉の策で、椅子の後ろに常にヨガマットを敷いておくようにした。すると、ハードルがするするっと下がった。一時間椅子にすわったらヨガマットでストレッチ。余裕があれば体幹トレーニング。これを日に何度か繰り返すようにしたら、すごく楽になった。勝ったわ。

## 11月某日　トレーニングのヘルパー

最もオーソドックスな体幹トレーニングの基本形（床に腹這《はらば》いになり、両腕の肘から先と、両足の指先で身体を支える）をやっていると、全身がプルプル震える。そのまま四十秒静止。リビングの戸の隙間から部屋に入ってきたワンさぶ子が、不審そうにこちらへ来る。来るな来るなと思っていると必ず来る。

「どうしたの？　なにやってるの？」

「体幹鍛えてるんだよ」

「震えてるよ？」

「知ってる」
しばらく首を傾げて見ていたワンさぶ子が、私の背中にポンと「お手」をした。こらえていた腹筋が崩壊。

**11月某日　霰《あられ》**

散歩に行ったら霰に降られて即刻帰りたかったんだけど、ワンさぶ子がはしゃいで「アラレ、アラレ!!」ってよろこんでるから霰に打たれて歩いてきた。これからお風呂に入ろうか迷い中。三倍速で仕事すればなんとかなるかなぁ。今日の仕事はどれも好きな人のための仕事。好きな人なら待っていてくれるかというともちろんそういうわけでもない。

**11月某日　次男十七歳**

次男誕生日。プレゼントに何がほしいかずいぶん前から聞いていたのに、特に思いつかないという。
「誕生日だからってほしいものを思いつかないのはしあわせな証拠だと思う。ありがとう」できたことをいう十七歳だ。

**11月某日　神さまたち楽しいよ！**

「読書メーター」と「ダ・ヴィンチ」共催の「第二回レビュアー大賞」ベスト・オブ・ベスト

レビュアーさんが「今読んで欲しい渾身の一冊」として、『神さまたちの遊ぶ庭』を選んでくださった。すんごく光栄。自分でいうのもなんだけど、この本は私のすべての本の中でいちばん好かれている本だと思う。読んだ人がみんなにこにこしてくれる。だから、ぜひみなさんもっと読んでください。

### 11月某日　和風

ある漫画の登場人物の名前が思い出せない。

「ジョセフィーヌだったか、カトリーヌだったか、なんかそんな名前だったと思うんだけど」

私がいうと、むすめは首を傾げた。

「もっと大仏みたいな名前だったような気がする」

大仏の名前とは。

### 11月某日　昼間

出張から帰ってくる父にお土産を頼んでいたむすめ、帰宅時間を聞いて、

「七時？　わかった、昼間の七時ね」

冬時間の今、午後七時はすでに真っ暗だし、午前七時はさすがに早い。むすめの昼間の感覚がわからない。

### 11月某日　願望

宿題をしていたむすめがうっとりつぶやいた。

「家族にパティシエがいたらいいのになあ……」

おいしいケーキが食べたくなったらしい。ものすごく単純な発想が逆に新鮮。

### 11月某日　目標

二〇一八年の目標は「歯医者さんに行く」。今すぐにでもできそうな気がして勇気が湧いた。

### 11月某日　長男十九歳

長男誕生日。東京で迎える初めての誕生日だ。家族四人でカードを書いて送る。ちょうど学祭と重なって、ぜんぜんさびしそうな様子はない。この子も特にほしいものはないという。幼い頃は、誕生日というとデュエルのカードをほしがったなあ、いつもポケットにデッキを入れて歩いていたなあ、と懐かしく思い出す。

「デュエルのカードはもういらないの？」

ふざけて聞いてみたら、

「いる」

今も現役だった。大学のデュエルサークルに入っているらしい。

## 11月某日　辻原《つじはら》 登《のぼる》さん

福井県主催の白川《しらかわ》文字学《もじがく》の講演会にいらした辻原登さんとお会いする。私は辻原さんの小説が好きで、辻原さんに自分の書いた小説を読んでもらえることを願って、当時辻原さんが選考委員を務めていた「文學界《ぶんがくかい》」新人賞に応募したのだ。あれから十三年。あのときに辻原さんが選んでくださったから、今私はこうして文章を書いて生きている。それをお伝えしたかった。

すごく素敵な方だった。握手までしていただいてしまった。

## 11月某日　力

ときどき、自分は無力だと感じる。すがすがしいくらいの無力。筋力というのは目に見える力だ。それを正しく使って働くことのできる人を私は尊敬する。自分の、この力のない身体をどうしようかと思う。何も持っていないのに作家を名乗ることの、胡散臭《うさんくさ》さ、後ろめたさ。

「おかーさん、力がほしい？」

「うん」

「じゃあ、走り方を教えてあげる」

ワンさぶ子が得意げにいう。

「明日からの散歩、全力疾走ね！」

## 11月某日　クリアファイル万歳

「Ｍａｒｔ」発売日を待って、地元のＴＳＵＴＡＹＡへ。入ってすぐのところに女性誌売り場があって、わがいとしの「Ｍａｒｔ」も。本誌からぴょこんと飛び出したカラフルな紙に「〝ワンさぶ子〟特製クリアファイル＆特製ニューイヤーカードプレゼント」と書いてある。その〝ワンさぶ子〟という文字に、目が釘付け。うう、うちの子の名前が書いてある……。猛烈に感動してしまう。こんな日が来るなんて。

井筒啓之さんのワンさぶ子イラストが、いつにも増してキュートだった。

## ワンさぶ子のおやつタイム

わたしは生きもの仲間が大好きです。特に猫。散歩していて見かけると、うれしくて、一緒に遊びたくて、駆け寄ります。でも、いつも猫は怒っています。遊びたい気分じゃないみたいです。わたしが走っていくのを見ると、逃げるか、背中を丸めて威嚇するか、飛びかかってくるかでぜんぜん遊んでくれません。

それから、ミミズ。見つけたら、すり寄って、背中をつけてすりすりします。おかーさんは「なにやってんの！」とリードを引っ張ります。きっとおかーさんもミミズに背中をすりすりしたいんだと思います。

あとは、虫。とりわけ、飛んでる虫が大好きで、わたしも一緒に飛びます。ときどき、落ち葉が風に舞っているのを虫と間違えて飛んでしまいます。虫じゃなくて葉っぱだったとわかったときはちょっと照れくさいけど、虫に見えているときの葉っぱも好きです。おかーさんが、よく、「ぬかよろこびもよろこびのうち」というけれど、そんなようなことです。

犬もわりと好きですが、駆け寄ったりはしません。向こうから挨拶してくるのを待ちます。ふふん。お嬢様だからじゃなくてよ。吠えてくる子もいるので、きっとみんないろんな事情があるんだろうなぁと思います。

# 12月

## 新刊が出たのだ

### 12月某日　帰りたい

雪が降ったり止《や》んだり。本格的な雪になってしまえばワンさぶ子は大よろこびなのだけど、みぞれまじりの雪のときは、

「えー、濡れるー。積もらないー」

と女子高校生みたいな口調でいう。いや、女子高校生のことはよく知らないんだが、ワンさぶ子は散歩の途中で何度もぶるぶるっと身体を振って、これ見よがしに濡れそぼった身体から私に飛沫《しぶき》を飛ばす。まって、むり（女子高校生口調）。そうして、

「もう帰っていい？」

と恨みがましく聞くのだ。おかーさんだって帰りたいわ。

## 12月某日　寒い

寒い。ワンさぶ子は毛布を敷いた段ボールの中で丸まっている。家の前にどこかの車が停《と》まったようだが、ワンさぶ子は横着して段ボールの中から顔の上半分だけ出して小さく吠えてみせている。

「おかーさん、誰か来たよ！　一応知らせとくよ！」

## 12月某日　再会

朝の散歩のとき、あの子と会った。あの、登校時間をとっくに過ぎて、ひとりで小学校に向かって歩いていく男の子だ。

「おはよう」

明るめに、楽しげに、声をかける。もっと静かな声で話しかけてもいいのに、自分でもびっくりするくらい明るめの声が出た。よくわからないけどこっちで正解、と私の中のどこかが叫んでいる。男の子は、こちらを見て、ワンさぶ子に気づき、笑顔になった。

「寒いね」

というと、うん、とうなずいた。ワンさぶ子もお利口さんにしている。男の子のほうをときどき見ながら、隣に並んで歩いていく。

しばらく黙って歩きながら、何か話さなきゃなぁと思い、

「もうすぐ――」

といってしまって、口をつぐむ。もうすぐクリスマスだね、といおうと思ったのだけど、この子の家ではクリスマスを祝わないかもしれない。もうすぐ冬休みだね、にしようかと思うが、冬休みだからといってこの子が楽しみにしているとも限らない。

「――もうすぐ、雪になるね」

そういうと、男の子もワンさぶ子も空を見上げた。この子に、よいクリスマスとよい冬休みが来ますように。

### 12月某日　新刊出たよ！

新しいエッセイ集『緑の庭で寝ころんで』が発売に！　いつも新刊が出るときはドキドキするけれど、エッセイ集だと特にそう。おもしろいんだかどうなんだか自分ではよくわからないところが心臓に悪い。胃にも悪い。寝ころんで読んで、くすっと笑ってくれたらうれしいなあと思う。

### 12月某日　雪

福井の書店さんをまわってサイン本をつくるはずが、大雪で特急が止まって東京から担当編集者が来られなくなり、延期に。ちなみに東京は気持ちよく晴れているそうだ。関ヶ原の辺りで急に天気が変わって、雪になる。絵に描いたような、裏日本・北陸の冬。ふっ。

## 12月某日　くやみ

お蕎麦《そば》屋さんに、秘伝のくやみ、と貼ってあるのを見て、ああ、このお店の方はお蕎麦屋さんの裏で特別な仕事をしておられるのだなと思う。とても心に響くおくやみをいうことのできる、特別な家族。その秘伝のくやみ、ぜひ聞いてみたい。と思ったら、やくみの見間違い。やくみなら薬味って漢字で書いてよ。

## 12月某日　宮下某

毎月、新聞の集金に来てくれる婦人が、「ねえ、奥さん、この辺に作家が住んでるらしいよ」という。「へ、へぇ、そうなんですか」と平静を装って答えると、「なんていったかな、宮下なんたらって……あ、奥さんとこも宮下さんやね！」と婦人が人のよさそうな顔で笑ったので、「ほんとですね！」と一緒に笑った。これでよかったのでしょうか。

## 12月某日　朝のうちに

頭が冴《さ》えている朝のうちに仕事をすると効率がいいと聞くが、朝に頭が冴えていたことなんて一度もない。

## 12月某日　AIとは

月々の現金出納帳みたいなやつをエクセルに入力して入金と出金の資料をつけて会計事務所

に送る、という作業をもうずいぶん長いこと溜《た》めている。もしも私が事務所の担当者だったら腹を立てて担当を降りるくらいには溜めている。催促のメールが怖くて受信トレイを開くことができない。とにかく事務作業が大変に苦手なのだ。暇そうなワンさぶ子に、バイト代払うからやってみるかと聞くも、フッと鼻であしらわれる。ＡＩがわが家に導入された暁には真っ先に経理作業を頼もうと心に誓う。ＡＩがんばれ、ＡＩ早く来い。

## 12月某日　また雪

延期になっていた書店さんまわり。こちらは今日も雪。温かく迎え入れてくださる地元の書店さんたちに心から感謝しつつサイン本をつくる。

## 12月某日　謎の兄

今日、知り合いに、「宮下さんってお兄さんいたんだ」といわれた。「いないよ？」と答えると、「え、だって、その人、宮下奈都は僕の妹なんですよ、っていってたよ」。

おもしろいなぁと思って、「どんな人だった？」と聞いたら、「おっさんだった」。

そしたら、俄然腹が立ってきて、「私の兄がおっさんなわけないよ」といってしまった。知り合いは一瞬黙ってから、

「宮下さんってお兄さんいたんだ」

「いないよ？」

### 12月某日　年賀状はまだ買ってもいない

二〇一八年の目標はもう立ててある。

「歯医者さんへ行く」。

なんかもう、ほんとうに、すぐにでも達成できそうな目標。ハードルはうんと低くして、それでも飛び越せないのが自分であることを私はもうよくよく知っているのだ。

### 12月某日　修学旅行へ

次男、修学旅行へ出発。なんでクリスマス直前のこの時期に。長男のときは十月だったはず。台風と重なって大変だったので、十二月にずらしたと聞いたが、ほんとうだろうか。いい時期の沖縄が取れなかっただけなんじゃないか。まあいい。福井は雪だけど、きっと沖縄はあったかいんだろう。

### 12月某日　雨

たしかに沖縄は暖かかったらしい。連日暖かい雨だったそうだ。雨の中、マングローブの海でカヤック。すてき。それでもきっと楽しめたんだろうな。三泊して、妹にだけお土産を買って帰ってきた。

## 12月某日　おかえり

大学が冬休みに入り、長男が帰省してきた。たぶん本人たちは気づいていないのだろうけれど、次男も、むすめも、とても機嫌がいい。ふたりともお兄ちゃんが大好きなのだ。

今になってみるとよくわかる。私の子育ては、ラッキーの連続だった。いろんなことがあっても、命にかかわるようなことにはならず、三人とも元気で育ってくれて、もうそれだけでほんとうにじゅうぶん。そのうえ兄妹仲がよいとは、こんなにもしあわせか。あとの気がかりは四番目のワンさぶ子だけだ。

## ワンさぶ子のおやつタイム

久しぶりに、「バウじゃねえ！」「アオでもねえ！」のおねえさんに会いました。ジャージの上下にウィンドブレーカーを羽織って、柴の男の子を連れて、肩で風を切って歩いてきました。

こないだはわたしを怖がって吠えていた柴の男の子が、今回は遊びたそうに身体をこちらに傾けて、それをおねえさんが引っ張って、すたすたと歩いてきます。おねえさんの身体と、ぴんと張ったリードと、柴の男の子の間にきれいな直角三角形ができていました。柴の男の子はずっと身体を斜めにして、後ろ足二本だけで歩くみたいな恰好《かっこう》でわたしたちの横を通り過ぎていきました。見事でした。わたしたちは立ち止まってそれを見ていました。

「変な子がいるねえ？」

　わたしがふりかえると、

「ともだちになってもいいよ」

　おかーさんがいいました。しばらく考えて、

「やめとく。それより、いつ帰ってくるの？」

と聞いてみました。真ん中のお兄ちゃんのことです。今、沖縄に行っているのでした。

「明日だよ」

　おかーさんがうれしそうに答えました。そこへちょうどえちぜん鉄道の電車が通りかかったので、全力で走って追いかけました。

「明日って、こっちにあるんでしょ。走ったら、そのぶん明日に近づくんだよね！」

　わたしがいうと、リードを持ったまま息を切らしているおかーさんが笑顔でうなずきました。

# 1月

## 戌年！

**1月某日　謹賀新年**

あけましておめでとうございます。いよいよ戌《いぬ》年、ワンさぶ子もはりきってまいります。きっといいことがいっぱいの春になるでしょう。

**1月某日　大雪**

今年はほんとうに雪が多い。車で出かけなければならない予定はできる限り延期にさせてもらって、それでも都会と違ってどうしても車が必要な土地だ。雪道の運転は、どんなに慣れていても怖い。

「おかーさん、車はやめて、走っていこうよ！」

元気いっぱいなのはワンさぶ子だけだ。

## 1月某日　吹雪《ふぶき》

普段は雪が大好きなワンさぶ子も、散歩に飛び出したら吹雪がびゅうっと吹きつけてきて、飛ばされそうになってよろめいて、そのまま回れ右して帰ってきた。

## 1月某日　センター試験

雪だよ。やっぱり雪。毎年、センター試験の頃には大雪になるのがわかっていて、試験場にたどり着くだけで必死の受験生の様子を見聞きするにつけ、どうしてこんな時季に大事な試験をするんだろうと思う。答えは簡単だ。国のことを決める人たちは、雪が降らない地域に住んでいるからだ。東京が晴れているからだ！

## 1月某日　お天気格差

朝、登校していくむすめが玄関を開けて、「霧だ……」といった。福井で霧はめずらしい。ワンさぶ子も不思議そうに後ろから覗いていた。

二月に文庫化される『羊と鋼の森』の取材。久しぶりに上京するにあたって、雪に弱い東海道新幹線を避け、金沢経由で北陸新幹線の指定席を取っておいた。北陸新幹線は豪雪地帯を通るのが前提なので、雪には万全の対策を取っていると聞くからだ。しかし、霧には弱かった。濃霧で福井から金沢までの特急が遅延した。それでもたったの十二分、金沢始発の新幹線は待っていてくれるだろうと信じていたのに、乗り継ぎを待たずに行ってしまったとのこと。ぐぬぬぬ。「霧だ……」というむすめの声が、不吉な予言として耳によみがえる。次の新幹線まで一時間、しかも各駅停車なので、予定の時間に三時間近く遅れて到着。たどり着いた東京は嘘みたいに晴れていた。やっぱりね！

## 1月某日　楽しみ

仕事の後、ずっと会いたいと思っていた人とお会いする。会いたかった人は高校生のお嬢さんを連れていて、私も東京で暮らしている長男とふたりで、引き合わせてくれた編集者も入って五人。不思議な取り合わせで食事をする。会いたかった人はほんとうに素敵な人だった。はじめましての挨拶をしてわずか二分でふたりとも泣いていた。お互いに話そうとしていることが響くようにわかる感じ。やっと会えた、と思う。子供たちが困って笑っていた。すごくおいしくて、笑って泣いて楽しくてドキドキする食事。こういうことが人生には起きるのだと夢を見ているような気持ちで過ごす。

解散して、息子と渋谷に出て、お茶でも飲もうかと歩くもどこも混んでいて、ふたりで駅のベンチにすわる。楽しい気持ちのまま、これからの人生でやりたいことを話し合う。息子の話を聞いていると、この子はだいじょうぶだなあ、しあわせに生きていける人だなあ、と思う。あたたかい東京の夜。

## 1月某日　一筆啓上賞

「日本一短い手紙・一筆啓上賞」の最終選考会。三万八千通余りの応募作の中から一次選考で七百通ほどが選ばれ、そこから四人の選考委員がすでにそれぞれ三十通ほどを選んである。それを持ち寄って、賞を決めていくのだ。選考会で意見をいいながら、何度もぐっと涙をこらえる。いい手紙って、泣かせる。大賞に、とてもいいものを選ぶことができて、ちょっとおかしいのも楽しいのも切ないのも入って、充実感があった。

夜、えちぜん鉄道に一時間近く揺られて帰る。最寄り駅の暗がりに次男とむすめが迎えにきてくれていて、それだけのことなのになんだかよくわからないけど泣きそうになった。今年の一筆啓上賞のお題は「母へ」。母への手紙をたくさん読んできた後だったからなあ。

## 1月某日　茜ちゃん

バドミントンの社会人リーグ（ＳＪリーグ）を福井県営体育館へ観に行く。全県民からこよなく愛されている「茜《あかね》ちゃん」、福井県出身の山口《やまぐち》茜選手が出る試合があるのだ。折からの雪で、選手たちが福井にたどり着けないんじゃないかと心配したけれど、観客席は満席。そのすべての観客からの愛と期待を一身に背負っているはずの茜ちゃんは、風のようにコートを走り、跳び、危なげなく勝った。そうして、福井の高校生だった頃から変わらない謙虚な笑顔を見せた。「今年は世界ランキング一位をめざします」。しびれた。今、二十歳。世界ランキング二位。

## 1月某日　ＢＴＳ

まさか、まさか、自分がＢＴＳ（防弾少年団）をこんなに好きになるとは思ってもみなかった。一年くらい前からむすめがヘッドフォンをつけてしあわせそうにしているときはＢＴＳを聴いているときだと気づいていた。よく、車の中でもかけていたから、何度も耳にしてもいた。でも、私のこれまでの音楽の好みとはまったく違うから、興味すら持たなかったのだ。むしろ、ふざけないでよねっ、くらいの気持ちだった。これまでどれだけの音楽を聴いてきたことか。このオレ様が今さらＫ－ＰＯＰを聴くはずが……たぶん、あれだ、自分は絶対にオレオレ詐欺に引っかからないと思い込んでいる人ほどコロッと騙されてしまうという、いや、たとえが悪いな、ともかくほんとうに自分でも信じられないのだ。去年の暮れに、むすめの好きなものを知りたいという素朴な気持ちで聴いてみたら、そこから落とし穴に落ちるみたいにはまった。もう今ではＢＴＳを聴かなければ一日がまわっていかないほど。ＣＤやＤＶＤはもちろんいいけど、ＹｏｕＴｕｂｅで彼らの踊る姿を観ているだけでうれしい。にこにこしてくる。

## 1月某日　ＢＴＳ続き

実家の母にもＢＴＳのよさを知ってもらおうと、ＹｏｕＴｕｂｅを見せることに。ほんとうはいくらでも見せたいけれど、初心者へのマナーとして、二本か三本でＢＴＳの素晴らしさをわかってもらおうと考える。何を見せるべきか思案。「ＤＯＰＥ」と、「ホルモン戦争」か。「血、汗、涙」もすごくいいけど、ＭＶがダンスメインじゃなくドラマ仕立てなのだ。迷って迷って、むすめに相談してみると、「再生回数の多いものがいいんじゃない？」と返されてびっくり。「たくさんの人に人気があるってことだから」などという。どうしたんだ。なに冷静になってんだ。

結局、三曲ほどＹｏｕＴｕｂｅで見せて、母が満足したかどうかはわからないけど、私は満足。たった三曲の動画を見ただけの母に、私とむすめのそれぞれ一番好きなメンバーを当てられて、またびっくり。

## 1月某日　目標

だいぶハードルが低いと思われた二〇一八年の目標「歯医者さんへ行く」であったが、あっという間に今年の十二分の一が終わろうとしている現在、目標到達の一歩すら見られない。しかたないよね、大雪だったもんね……。

### ワンさぶ子のおやつタイム

どうしてこんなに毎日が楽しいのか、自分でも不思議だったのですが、ようやくその謎が解けました。雪です。雪が降って、空も道も真っ白になって、そこを走っていくのがわたしは大好きなのです。ちょっと積もっていたりすると最高です。いくらでも雪の中で遊んでいられます。

それなのに、おかーさんは「さむい〜」といいます。早く家に入りたがります。

「寒くて冷たいのが冬ってもんでしょう」

わたしがいうと、おかーさんはわたしの顔を覗き込んで、

「そうよね、やっぱりワンさぶ子も寒くて冷たいのよね。風邪ひくといけないから帰ろう」などというのでした。あ、しまった。

わたしが家に帰るのを渋ると、おかーさんはしぶしぶ裏庭に連れて行ってくれます。ここは、おかーさんが本屋大賞をもらったときに、その賞金だか、印税だか、なんかそういうやつでつくってくれた、私のためのドッグランです。リードを外して、誰の足跡もついていない雪の中を自由に駆けまわれます。おかーさんは家に入り、縁側にすわって、窓越しに、「ワンさぶ〜　楽しいね〜」というのですが、そういう態度を取られると、なんとなく走っても楽しくないなと思うのです。なんかちょっと興ざめ。

# 2月

## 優勝したのはストーブだった

**2月某日　本気の降雪**

ひと晩でこんなに積もったのに、まだ降るのか、と空を見上げて感心する。ふわふわと舞う雪ではなく、まっすぐに落ちてくる速い雪。雪の大好きなワンさぶ子が、散歩に出ようとして一瞬躊躇《ちゅうちょ》するレベル（その後、思いっきり飛び出していきました）。

**2月某日　溺れる**

雪が降り続き、街の景色が一変。音も色も消えて、学校は小中高大すべて休校に。散歩に出たらワンさぶ子も雪で溺れている。それでもまだ降り続いている。

**2月某日　遭難**

福井市内の積雪量は百四十五センチだそう。除雪車が追いつかないらしい。家の前に停めてあった私の車がすっかり埋もれていて見失う。町の機能が停止しつつある。スーパーから食品が消え、生協も来ない。ガソリンスタンドも閉まっている。ワンさぶ子の散歩はむすめの背丈くらいある雪をかきわけて進む。雪の中を泳ぐみたいで、思わず笑いがこみあげてくる。けど、ここで倒れてもしばらく誰も見つけてくれないだろう。遭難の危険を肌身で感じたので早々に切り上げて帰還。

## 2月某日　ポストの悲劇

どうしても郵便を出さなきゃいけなくて、歩ける範囲のポストを三つまわったのだけど、ぜんぶ雪に埋もれていた。いつもは三分で行けるポストに二十分かけて行き、また二十分かけて帰る。ひとつは除雪された高い山に埋もれて完全に姿が消えていて、あとのふたつは雪の奥に赤色がちらっと見えているだけ。これは息をしていないな、とひと目でわかる。まだ中に手紙が入ったままなんじゃないだろうか。配達も止まっていて、もう何日も郵便が一通も来ない。来なくてもしかたがない、と思う。それほどの雪。

## 2月某日　別世界

大雪でそれどころではない、というのが福井県民の今現在の総意なのだが、晴れてる国の人から仕事の催促が来る。脱力。しかたないんだけど。そもそも遅れるなという話だ。でも今、私たち一日の八割方、雪かきしてるんですわよ。

**2月某日　ワンさぶ子誕生日**

豪雪の中の誕生日。四歳になった。

「おめでとう。やっと幼稚園の年中組に入れる歳になったね」

といってみたが、興味はなさそう。ワンさぶ子は子供が苦手なのだ。幼稚園には登園拒否だ。

雪の山に登ったり、雪の中を泳ぐように駆けたりできる毎日が楽しくて、今夜はおいしいものを食べることもできて、しあわせな誕生日だと思う。

**2月某日　文庫発売**

今日も吹雪いていて気が滅入っていたのだけど、ツイッターで全国の書店さんが『羊と鋼の森』の文庫を並べてくださっている写真をたくさん見て、ものすごく励まされた。あの子（文庫）は書店さんでこんなに大切に売ってもらっている！　とてもうれしくて、ああ、小説を書いてきてよかった、としみじみ思う大雪の日。残念ながら、物流の止まっている福井には、入荷はない。

**2月某日　雪くらべ**

雪の壁の間を足で踏み固めながら歩いていくのって、いつ以来だろう。北海道・トムラウシ（十勝《とかち》）での暮らしを思い出す。私たちのいた年は雪の多い年で、五月にも雪が積もったし、十月にはもう根雪となる雪が降った。極寒だったけれど、それでも雪の量は今の福井ほどではなかった。

### 2月某日　うそつき

ついに灯油がなくなって、ストーブをつけられない。家族でひとつの部屋に集まってダウンコートを着込んでエアコンをつけている。ぜんぜん暖かくならないのに止まってしまうので、「どうしたの?」と聞くと、エア子のやつ、「もう設定温度まで上がったからね!」などと平然という。

### 2月某日　灯油

雪が降り続く中、家の前を雪かきしていたら、灯油のポリタンクを提げた女の人が歩いてきた。「歩いて灯油を買いに?」と聞くと、「ええ、車が出せないから……」「どこかで灯油売ってるんですか?」「わからないけど探してみようと思って」「ああ、お疲れさまです」「お疲れさまです」と会釈しあったのだけど、どこに行けば買えるのだろう。そして、あの重さ、徒歩で持ち帰ることはできるのだろうか。

### 2月某日　雪かき職人

車があちこちでスタックしている。家の前でも、朝からもう何台目か。ム、ム、ムォォォオオン! 雪の中でタイヤの空回りする嫌な音が聞こえてくると、ワンさぶ子がワォォォオオン！　と調子を合わせて鳴いてあげている。励ましのつもりなんだろうな。しかたがないので、子供たちと一緒に防寒具を着てスコップを持って手伝いに出ていく。タイヤの前と後ろの雪をどけてあげながら、「この道は無理ですよ」と声をかける。この道だけじゃない。どの道も無理なのだ。大きな道は渋滞して何時間も止まったままだそうだ。

**2月某日　楽しいね**

「庭にこんもりしたクリスマスツリーできてるぅ～」とうれしそうな子が家にいるが、とても男子高校生の台詞《せりふ》とは思えない。

**2月某日　晴れ！**

晴れている！　今朝は晴れている！　青空がこんなにうれしかったのは久しぶり。

**2月某日　気が利く**

息子とむすめで買い出しに。買い物メモに書き忘れた醤油《しょうゆ》を買ってきてくれたことにびっくり。息子がいつのまにか在庫チェックしてくれていたらしい。母が忘れっぽいぶんを子供が補ってくれているんだなあ。

## 2月某日　ようやく

晴れている。学校も、今日から再開（短縮授業だけど）。ガソリンと灯油は近所にはまだ入っていなくて、家の中が寒いのは変わらず。電車も間引き運転。うちは郵便もまだ。でも、総力をあげての除雪活動で流通が復活しつつあるらしい。雪というのは、最終的にはとけるから、きっともうすぐ何事もなかったみたいに復旧するんだろう。県内だけで十人を超える死者が出ているのだけれど。

## 2月某日　まだまだ

大きな道は復活しつつあると聞くものの、住宅地は除雪が追いついていない。郵便も宅配便も届かず、生協も来られず、ガソリンも灯油もなく、買い出しは歩道が雪で通れないのでガタガタの車道を歩く。それでも、うちはまだダメージは小さかった。ひとり暮らしのお年寄りや、病人のいる家庭はどんなに心細かっただろう。ＪＲも飛行機も国道もすべて止まっていたため、福井から出る手段がなく、大学の受験ができなかった生徒たちがいる。救済措置はあるのだろうか。彼らの人生に幸あれと祈ることしかできない。

## 2月某日　暖かいって

近くのガソリンスタンドに灯油が入荷し、さっそく買いに行く。普段なら五分で行けるお店なのに、道がとんでもないことになっていて、車が進まない。戻ることもできない。それでも、ガソリンも灯油も市内に出まわりはじめているとのことで、気持ちは明るい。ようやく入手した灯油を入れて、ストーブ点火。ああああ、暖かい。暖かいってこんなにしあわせなことだったんですね。

## 2月某日　策略家

長男が大学の生協で文庫『羊と鋼の森』を全部買うから購入資金を送れといってきたので、そんなことはしなくていいというと、どうせそんなに入荷していないからだいじょうぶだという。「この大学で一番売れている本」というのは売りになるのではないか、と。健気な息子よ、すぐに再入荷したらどうするんだ……。

## 2月某日　この日

すべての人が願いながらも、たぶんすべての人がとても難しいだろうと思ってもいた、羽《はにゅ》生《う》結弦《ゆづる》選手のオリンピック二大会連続金メダル。金メダルをとって得たものは何ですか、と聞かれて「しあわせです。すべてをかけてしあわせを得ました」と答えていた。最高の答えだと思った。

　中学生の藤井《ふじい》聡太《そうた》五段が、棋戦で羽生《はぶ》善治《よしはる》九段に勝ち、さらにもう一局勝って優勝。史上最年少で六段になった。そんな日。二十回目の結婚記念日。

## 2月某日　トークイベント

話す仕事は苦手なので基本的にお受けしないことにしているが、特別な事情があるときは別。社会学者の岸政彦《きしまさひこ》さんとのトークイベントは、単純に岸さんのファンなのでお引き受けした。聞いてみたいことが山ほどあったのだけど、トークの八割から九割を岸さんが怒濤《どとう》の勢いで喋《しゃべ》っていたので、質問すら満足にできなかった。岸さんのサービス精神すごい。岸さんは書くものと素顔が違いすぎておかしい。

## 2月某日　今年の目標

歯医者さんには今月も行けなかった。雪に埋もれているうちに、もう今年も六分の一が終わってしまった。

## ワンさぶ子のおやつタイム

せっかくの誕生日だったのに、パーリーっぽいことしてもらってない気がします。それに、わたしの冒険譚のはずなのに、当のわたしがあんまり登場してないのも不満です。おかしいでしょ？　わたしが主役でわたしがいちばん活躍するんじゃなかったの？

「今月は雪で忙しかったのよ。でもワンさぶ子とはちゃんと毎日いっぱい遊んで、写真もいっぱい撮ったじゃない」

おかーさんはいうのですが、どうも納得がいきません。そういえば、大雪の中ではしゃいだり、雪山に登ったりするわたしのかっこいい姿をおかーさんはパシャパシャ写していました。

「あの写真、見せてもらってないよ」

わたしはいいましたが、ほんとうは写真になんて大事なことは何も写らないことも知っているのです。雪が降り積もった道のまんなかで寝ころんで大の字になったことや、音のない街で空を見上げたらひとりぼっちみたいに感じたこと、真夜中に月の光で街全体がきらきら輝いて見えたこと。心細くて、さびしいのに、きれいで、楽しかった。今月はほんとうに特別でした。

# 3月

## 雪が去ってもまた一難

### 3月某日　まだ雪

　ワンさぶ子と散歩していたら、向こうから大きな車。雪で狭くなっている道なので、路肩に除《よ》けて通り過ぎるのを待っていたら、車も停まっている。どうしたのかと見ると、運転席の鈴《すず》木《き》亮《りょう》平《へい》さん似の男性がにこにこ笑いながら、お先にどうぞといってくれていた。ワンさぶ子とふたり、お辞儀をして通る。朝からうれしい。ありがとう親切な鈴木亮平さん。豪雪だった今冬、道を譲りあうことが増えたように感じる。近所で声をかけあったり、見知らぬ人同士が挨拶するような場面も何度も見た。雪はとても大変だったけれど、悪いことばかりでもなかったのかもしれない。

### 3月某日　革靴は噛んでなんぼ

冬になる前に買ったサドルのブーティ。色と形がとても気に入っていて、履くのを楽しみにしていたのだけど、予想外の大雪になってしまい、結局一度も履かないまま春を迎えそう。春になってもブーティってだいじょうぶかな？　丁寧に磨いて玄関に置いたら、噛み心地を試したいらしいワンさぶ子が虎視眈々《こしたんたん》と狙っている。

## 3月某日　倒れる

パニック障害の迷走神経反射が出て、体調最悪。死ぬかと思う。こんなにひどい発作は一昨年の暮れ以来だ。床に倒れたまま息をするのがやっとで、起き上がることもできない。一時間くらいかけて少しずつ這って寝室へ移動し、そのまま冷や汗をかきながら寝込む。今回は長引いた。ようやく四十時間ぶりくらいで寝室を出たら、ワンさぶ子が「おかーさん、いたのぉぉぉぉぉおおお！」という感じで目を瞠《みは》ってありえないほどしっぽを振っている。おかーさん、いたのよ。生きててよかった。

## 3月某日　パニック障害について

思えば、パニック障害とのつきあいは長い。中学生の頃から迷走神経反射が出ていたし、ボウリングの重い球が身体の内側をゆっくりと移動していくような痛みもあった。それが年々ひどくなり、激しい不整脈が出るようになった。血圧の急激な低下、強いめまい、嘔吐、過呼吸もある。突然起きる嵐のような発作は、ほんとうに死ぬんじゃないかと思うほど苦しいものだったけれど、この頃は、薬のおかげで少しずつよくなってきている。現在は、気をつければほぼ日常の暮らしを送ることができているし、発作が起きても死ぬことはないと知っている。知っていても、毎回、死ぬんじゃないかと思うんだけれど。ただ、問題はある。飲み続けている薬のせいで、集中力がなくなった。ひとつのことを粘り強く考え続けることがむずかしい。それは小説家にとっては致命的なことだ。不安を和らげる薬は、不安だけでなくいろいろなことをオブラートにくるんでしまうのだ。

　薬のせいでいつも頭の中に薄いベールがかかっている感じがするのは、つらいものだ。小説を書く集中力がほしくて、薬を飲まずにいた二年前のある夜、大きな発作を起こして家で倒れた。息子が救急車を呼ぼうとするのを私が止めた。救急車に乗せられたら死んでしまうだろうと思ったからだ。母親が病院にも行けずにただ家で苦しんでいることが、子供たちにとってはどんなに怖かったかと思う。むすめがずっと泣いていたのを見て、小説を書きたい自分のエゴのために大切な家族を苦しめるのは絶対にだめだと思ったのだった。ひどい苦しみと痛みに襲われるリスクを負い、家族を脅かしながら小説を書く人生と、書けないかもしれないけれど発作からは距離を取って暮らせる人生だったら、やっぱり私はワンさぶ子をモフモフしながら穏やかに生きていけるほうを選ぶ。そうでなくてはいけないと思う。たとえワンさぶ子に「ねー、おかーさん、もういい？　撫でられるのあんまり好きじゃないんだけど」と渋い顔をされてもだ。

## 3月某日　韓国語版見本

『神さまたちの遊ぶ庭』の韓国語版が送られてきた。とてもいい感じ。

「今、韓国語を勉強しているところなので、韓国で本が出るのがうれしいです」

とメールすると、担当編集者に、新しい勉強をしているなんてえらいですね、とほめられる。

えへへ。ＢＴＳ効果なんだけど、ちょっと恥ずかしくていえなかった。

## 3月某日　豊かさ

先週体調不良で休んだ分、今週は忙しい。人と会う約束も延期にさせてもらっていたから、私にはめずらしく、何人もの人と立て続けに会った。中に、同じ中学、同じ高校の同窓生（歳はだいぶ違う）がふたりいた。ひとりはロックバンドのヴォーカルとしてメジャーデビューし、人気アニメのオープニングを歌っていたこともある人だった。もうひとりは、大学から新卒で入った商社を数年で辞めてラーメン屋さんを開いたという人。ほんとうは私が話をする立場だったのに、思わず彼らの話を聞いてしまう。私の出た高校は曲がりなりにも進学校だったから、ミュージシャンも、ラーメン屋さんも、稀有《けう》だ。ふたりともとても魅力的な人たちだった。こんな田舎町の進学校からよくぞ、と思う。こういう人たちの存在が、あの高校を豊かにしてくれている。

### 3月某日　せつない

家の壁に小さい虫がとまっている。

「その虫、昨日からずっとそこにいるんだよ」

と、むすめ。せつない、というので、何の話かと思ったら、

「その場所で、誰かと待ち合わせしてるんだと思う。約束の時間を過ぎてもずっとそこで待ってるんだよ」

ちょっとショックを受ける。ただの虫だと思っていたけど、そんな思いで部屋の壁にとまっていたなんて……。

### 3月某日　まだ

まだ待っている。来るはずの誰かを、虫はうちの壁でまだじっと待っている。

### 3月某日　むすめの指摘

「なんかその髪留め、きちんとしたおかあさんみたい」

え……きちんとしたおかあさんっぽくちゃだめなの？　別の髪留めを選んでいると、

「あ、そっちはてきとうなおかあさんっぽい。ピアノの上の楽譜がぐちゃぐちゃみたいな」

むう、その具体的な描写は誰のことかな。

## 3月某日　受験の思い出

一年前の今日は『羊と鋼の森』のロケ見学の日だった。上京する新幹線の中、通路を挟んで隣の人に、お子さんから着信。受け応えで大学合格の知らせだとわかった。席周辺が一気にお祝いモードになって、拍手と「おめでとう」の渦。うちも受験生がいたので思わずもらい泣きした。もちろんみんな知らない人同士。忘れられない春の日。

翌日が、長男の合格発表の日だった。正午にネットで発表になるというので、正午に近づくにつれそわそわしていた……のは私だけ。当の長男は、次男と早めのお昼ごはんを食べ出した。やがて正午。

「ねえ、もう合格発表出てるんじゃない？」

待ちきれず催促してみると、

「気になるんなら先に見ていいよ」

「えっ」

それで、ネットで大学の掲示板を探して、私が見た。本人の前で見るのはいたたまれなくて、二階に駆け上がって番号を探す。……あった。うそ、あったよ、番号。やだ、どうしよう。あったよ！　っていっていいのか、自分で確認するといいよというほうがいいか、激しく迷いながら階段を下りる。

「結果、聞きたい？　自分で見たい？」

すると長男は私の顔をじっと見て、

「もうわかったから、いわなくていい」

落ちたと思ったらしい。どんな顔をしていたのか私は。

そして、今、これを書きながら、あのときの受験番号をまだ覚えていることに気がつく。息子の受験に対して、かなり冷静な親のつもりでいたけれど、実際はそうでもなかったんだな。何でもすぐに忘れる私が、番号の書かれた発表のページを、スクリーンショットのように覚えている。

ちなみに長男は大学の公式ＨＰで確認した後、

「ネットは信用できないから、合格通知を待つ。それまではよろこばないほうがいいよ」

めちゃめちゃ冷静だったので、大よろこびするタイミングを失ってしまった。今でも心残りだ。

### 3月某日　映画予告

映画『羊と鋼の森』の情報が更新されている。久石《ひさいし》譲《じょう》さんと辻井《つじい》伸行《のぶゆき》さんによるエンディングテーマが解禁になり、長いバージョンの予告が流れはじめた。美しい。

### 3月某日　んぼ

「cherry blossom って桜のこと?」

仕事中、むすめに聞かれて、

「んー、cherryだけで桜じゃないかな？」

てきとうなことを答えてしまう。

「じゃあ、cherry blossomは？」

「さくらんぼかな」

「ってことは、blossomが『んぼ』？」

事ここに至って、自分の間違いに気づく。blossomは「んぼ」じゃない。「花」だ。正しくは、cherryだけでさくらんぼ。

## 3月某日　十七歳

春休みに入り、うちのゲーム王（次男）がものすごい勢いでゲームをしている。何時間もゲームをした後、我に返ってむなしくならないんだろうか。素直な疑問をぶつけてみると、どうして？　すっごく楽しいし、充実感あるし、しあわせだよ？　という。それを聞いていた長男が、「ゲーム時間を確保した上で勉強して行ける範囲の大学を選ぶといいよ。そんなに好きなゲーム時間を削ってまで行く価値のある大学なんてないと思う」とアドバイスした。親にはできないアドバイスだ。

「確実によろこびを味わえる方法がわかってるって、しあわせなことだよね」

たしかに、それはそうだ。たぶん、私はゲームの何たるかを理解できていないんだな。たとえば次男が毎日熱心に部活に行ってバドミントンに打ち込むことに対して、否定的な気持ちになることはない。バド王などと揶揄することもない。それなのに、ゲーム王にだけ目を光らせるのは、自分の理解の範疇を超えるものに対する了見の狭さの表れではないか。心から楽しいと思えるものに出会えただけでもよろこぶべきことのはずなのに。

だけど当人から思わぬ反論。

「でも、今だけじゃなくて、この先もゲーム時間を確保するためにはどうすればいいか、真剣に考えるよ。そうすると、今、ゲームだけしてたんじゃだめな気がする」

そこまでわかっているなら、なぜ……と思ってしまうが、ぐっとこらえる。もう十七歳なのだ。ここから先は自分で考えるしかない。

## ワンさぶ子のおやつタイム

なんとなく今月も出番が少なかったような気がします。先月も少なかったので、このページをジャックしてわたしがぜんぶ書こうと思っていたのですが、よく考えてみたら、鉛筆握ったり、ワープロ打ったりするより、お昼寝しているほうがずっと楽しいことに気づいてしまいました！

今月は春休みでおにーちゃんが東京から帰ってきたので、匂いをよく嗅いで本物かどうか確かめました。都会の匂いはあんまりしなくて、デュエルモンスターズカードの匂いがしました。帰省する前に、おとーさんと、まんなかのおにーちゃん（ゲーム王）と、三人で北海道へ流氷を観に行って、楽しく帰ってくる電車の中に荷物をぜんぶ置いてきてしまったそうです。さすがです。一ミリも洗練されていませんでした。

ところで、やっと雪がとけたとみんながよろこんでいるのが不思議です。雪のないドッグランに放されても、まったく遊ぶ気になれません。おかーさんがボールを投げても、きなこちゃんが追いかけっこしようと走っても、ぜんぜん興味ないです。わたしがすわってのんびり後ろ足で頭を掻いたりしているのに、おかーさんときなこちゃんはずっとボールを投げたり走ったりしていて、ホント子供で困っちゃいますよね。

# 4月

## 楽しい三年生

### 4月某日　春

あんなに積もっていた雪がすっかり消えて、空も、街も、明るい。桜の花びらが舞うと、ワンさぶ子が大よろこびで駆け寄って、ジャンプして、つかまえようとする。ワンさぶ子も桜がうれしいんだなぁと思っていたけれど、たぶん違う。ひらひら飛んでくる花びらを、生きものだと勘違いしているよう。ぱっと地面でつかまえて、それが花だとわかったときのワンさぶ子の顔。「てへ」のときと、「けっ」のときと、まったく知らん顔をしてまた歩き出すときと。いずれのときもチラッとこちらをふりかえって、私が見ているかどうか確認するのがかわいい。

### 4月某日　三年生

今月から、次男が高校三年生、むすめは中学三年生。
ワンさぶ子「わたしも三年生」

おかーさん「あら、何の三年生？」
ワンさぶ子「何のでもいい。三年生！」
そういって、庭をぐるぐる走った。三年生であることがうれしいらしい。ワンさぶ子がかわいくて、私も庭をぐるぐる走った。

### 4月某日　札幌

仕事で札幌。北海道は大好きだ。ホーム感がある。飛行機から降りた瞬間にもう浮き足立っている。調律師協会北海道支部のお招きで、『羊と鋼の森』にちなんで調律師の方と対談し、それから朗読とピアノのコンサート。たくさんのお客さまが来てくれて、うれしいひととき。北大路《きたおおじ》公子《きみこ》先生も来てくれて、休憩時間にロビーでにこやかに話しかけてくれた。「もう出ないの？」と聞かれてうなずく。もうこれで私の出番は終わりだ。予定より対談部分が短く済んだと話したら、「いいなあ」といわれる。いいなあって不思議な感想だと思う！

### 4月某日　ウミガメのスープ

「ＥＳＳＥ」で連載してきたエッセイ「とりあえずウミガメのスープを仕込《しこ》もう。」が一冊にまとまることになった。全七十八話プラス書き下ろし短編。七十八話とはまた多いなと思ったら、連載開始から六年半になるらしい。いやぁ、長く書いてきました……。完全に忘れていた話もあって、感心してゲラを読みふける。

## 4月某日　上京

映画『羊と鋼の森』の宣伝活動。書店員さん向けの試写会の後、橋本光二郎《はしもとこうじろう》監督と対談する。監督は膨大な経験と技術と情熱を持っていて、それなのに謙虚でやさしくてびっくりする。映画監督って、もっとこう、メガホン持って怒鳴っているようなイメージだった。ぜんぜん違った。ほんとうに素敵な方だった。

その後、取材を受け、夕方からは朝日新聞社の作家ＬＩＶＥに出演。十四年前に、初めて私を作家としてインタビューしてくれた記者である吉村《よしむら》千彰《ちあき》さんと対談した。十四年後に私が作家でいるかどうか、あのときは吉村さんにも私にもわからなかった。今、こうして再会できたことがとてもうれしい。

人前で話すのが苦手だといいながら、この頃は話す仕事がときどきある。そのたびに寿命が縮む気がするのだけど、私の余命はあとどれくらいだろう。夜、『羊と鋼の森』百万部突破の小さなお祝い会。あの神秘的な装画を描いてくださった牧野《まきの》千穂《ちほ》さんが来てくださった。

## 4月某日　上京二日目

本日も宣伝活動。三浦友和《みうらともかず》さんと対談した。信じられない。三浦友和さんと対談だなんて！　私が子供の頃、三浦友和さんといえばハンサムな好青年の代名詞のようなスターだった。どういうふうに歳を重ねればこうなれるのかわからない。素晴らしく知的で、茶目っ気があって、そして今もやっぱりハンサムだった。

## 4月某日　吸収力の違い

韓国語の歌を聴いていて、むすめが、なんとなく歌詞を聞き取って意味を把握しているらしいことに驚く。私はぜんぜんわからないのに。これはBTSの歌詞にも似たフレーズがあった、ちょっと変化してるけど、こういう意味じゃないかな、と至極まっとうな類推による言語習得をしているもよう。若い吸収力ってすごいなぁ。でも、じゃあどうして、英語ではいまだに「Do you～? と Are you～? ってどう違うんだっけ」などといっているのか。え、今月から中学三年生なんですが（既出）。

## 4月某日　チョコレート

北海道の美幌《びほろ》という小さな町に、とびきりおいしいショコラティエがある。ときどき取り寄せては、一日にひと粒ずつ、大事に大事に食べる。お店の看板商品は和種ミントとエスプレッソの重なった、夢のようにおいしい白いチョコレート。ボックスにひとつしか入っていなくて、今回は夫がそれを食べることに。感想を聞くと、

「なんかスーッとした」

え、それだけ……？

「なんとなく、歯医者さんみたいな味だった」

あなたはもう食べなくていいです。後で、そのチョコレート屋さんについて調べてみると、なんと、ほんとうに現役の歯医者さんでつくられていた。歯医者さんみたいな味って、めちゃ

めちゃ当たっていたのだった。

## 4月某日　因数分解のよろこび

「因数分解って楽しい」

むすめがうれしそうにいう。

「えー、いいねえ」

そういいながら、前にもこんなことがあったのを思い出す。そうだ、五年くらい前、「四捨五入」を習ったときもこうだった。四捨五入って楽しいねといいながら、数字をひたすら四捨五入していた。なんだって、楽しいほうがいい。それを有効に使えるかどうかはまた別の話だ。

## 4月某日　庭の草むしり

草むしりが好きだ。最初は、目についた雑草をちょこっと抜いて終わりにしようと思っているのだけど、いつのまにか夢中になって抜いている。草むしりをしている間だけは雑念が消え、ただ黙々と目の前にあるものだけに注意を払っていられるのがいいんだと思う。ささやかな達成感と自己肯定感というおまけつきだ。これって、もしかして、むすめがただただ因数分解をするのが好きという気持ちと似ているんじゃないだろうか。

ただし、けっこう力を入れて草を抜くので、終わった頃には手に力が入らなくなっている。今日は特に左手がガクガクして、テーブルの上でも震えが止まらず、笑えるくらいだった。ぶるぶる震えながら勝手にテーブルの上を進んでいこうとする私の左腕。怖い。

## 4月某日　ファンミーティング

大阪城《おおさかじょう》ホールにて、BTSのファンミーティング。グッズ購入のため朝五時の時点で千人並んでいるとか、六時間待ちだとか、ケガ人が出たとか、さまざまな噂に戦々恐々としながらお昼前に着くと、強い雨のせいか二時間ほど並んだだけで無事に買えた。半分以上売り切れだったけど、じゅうぶん満足。

開演までの時間、ステージの上の大きなスクリーンに、彼らのミュージックビデオが流される。客席のファンたちは、それを見て、キャー！　キャー！　と叫ぶのだ。いや、あれ、ミュージックビデオだから！　とつっこみたいところだが、キャー！　と叫べる熱量が純粋にうらやましい。ついにステージの上に彼らが現れたとき、満を持して、私もキャー！　と叫ばせてもらった。あまりの美しさに、等身大のフィギュアかと思った。そうではなかった。三時間余り、歌ったり、踊ったり、話したり、笑ったりしている彼らを見ているうちに、終盤には、彼らが人間だということが信じられるようになった。人間、すごいなあ。

## 4月某日　変化するもの

家でたこ焼き。主催はむすめ。いろんな材料を揃《そろ》えて、百個くらいたこ焼きを焼いてくれる。むすめはたこが苦手なのでたこの入っていないバージョンもつくる。いろんな味を試していると、具によって、火を通すことで派手になったり地味になったりするものがあるのがわかる。お餅とかチーズとかは一見華やかなのに、たこ焼きの具にすると意外としっとり溶け込んでしまう。

「これはちょっと華がないかも」

　感想をいうと、すかさずむすめが、

「don't flower」

といって家族の笑いを誘っていた。ウケ狙いでいったんじゃなさそうなところが恐ろしい。

## ワンさぶ子のおやつタイム

　春はあけぼのです。やうやう白くなりゆく山際、少し明かりて、おともだちがやってきます。もちろん、礼儀正しく挨拶を交わします。その挨拶がちょっとうるさいらしくて、奥の部屋からおかーさんがふらふらと出てきます。「ワンさぶ子、こんな朝早くから鳴かないで」。鳴かないでどうやって挨拶をするというのでしょう。

　今月は何度かおかーさんが仕事で家に帰ってこないことがあって、トミーとばぁばに散歩に連れて行ってもらいました。おやつをいっぱいくれるので大好きです。でも、おかーさんが帰ってきたときに、ちょっとしっぽを振ってみたら、おかーさんが「うぉおおおお！」と感激していました。ふっ、ちょろいわ。

ところでわたしは四歳で三年生なんですが、ときどき、「人間でいうと何歳?」と聞く人がいて困ります。人間じゃないのに人間で何歳かなんていえないです。四歳で三年生です!

# 5月

## 十九歳と十七歳と十四歳と四歳

### 5月某日　芝張り

庭に芝生を張る。たくさん張ると疲れちゃうので、毎年この時期に少しずつだ。俯瞰《ふかん》すると虎刈りみたいな庭だと思うけど、まあいい。ワンさぶ子が最後に張り終えた芝の匂いをクンクン嗅いで、「よし」とお墨付きをくれた。ありがとう。でも、そこ乗らないでね。根付くまでね。

### 5月某日　カキフライ

突然カキフライが食べたくなっておろおろしている。どうしてこの時期にカキフライ……戸惑っていると、むすめが非常に役立つ情報をくれる。

「ママ、うどん屋さんにあるよ！」

そのうどん屋さんは、讃岐《さぬき》うどんのチェーン店。一杯二百円ぐらいから食べられるお店だ。

しょっちゅう行っているが、カキフライがあるのは気づかなかった。むすめ、でかした。とりあえず行くしかないだろう。

「いらっしゃいませ～　いつもありがとうございます～」

愛想よく店員さんに声をかけてもらって、うちは一杯二百円のうどん屋さんにどれだけ来ているのかとちょっと思う。だっておいしいんだもの。

ところで、カキフライが、ない。

「え、あるよ」

むすめが指したのは、違う、それはかきあげ。「かき」しか合ってない。いや、「フライ」と「揚げ」は同義語か。ってことは正解か！　だけど、違う、それじゃない。

## 5月某日　ハッちゃん

夕方、実家の父が電話をかけてきて、「今、テレビで作家の人たちが話してるから観るといいよハッちゃん！」という。私はハッちゃんではないので困惑したが、どうやら8チャンネルのことをいっているらしい。つけてみたら有名な作家の人たちが話していた。すぐに終わってしまったので、父に電話をかけ直し「おもしろかった？」と聞くと、「いやぁ俺にはさっぱり。でもおまえは作家の人を見といたほうがいいだろう」などという。あなたの娘は切羽詰まってゲラを見ていました！

## 5月某日　雷雨

明け方に、ものすごい雷と豪雨で目を覚ます。昔飼っていたポメラニアンは雷が怖くて、雷が鳴ると震えて家族のそばにくっついてきた。柴犬はもともと外犬だから強いのか、どんなに雷が鳴っても吠えたりしない。助かるなぁと思いながらまた眠りについた。

朝、いつもと同じように起きて、ワンさぶ子のところへ行ったら、めずらしくケージの中に用が足してあって、「具合が悪いの？」と思わず聞いてしまった。ワンさぶ子はツンとしていた。トイレを片付けてから、ああ、そうか、雷が怖かったのか、と思い当たる。鳴かずにがんばったんだね。気づかなくてごめんね。

## 5月某日　十九歳

東京に住む息子と話していたら、彼がよく行く場所の話になって、私はそこを地名としても駅名としても知らなかった。聞いたことさえなかった。私が東京で暮らしていた十数年の間も、もちろんそこはずっとあった。見るもの、見えるものは違う。私の知らないところで息子が生きていることがうれしい。ううん、うれしい、というのもちょっと違う。もうこの人は、この人の道を歩いているのだと痛感した。私は私で私の道を歩こうと思った。

## 5月某日　十七歳

思いがけない試合に負けてしまった次男にかける言葉が見つからなくて、できるだけいつも通りに接しようと試みるも、われながらどうもぎこちない。すごくがんばってきたのを知っているから。いつも通り、いつも通り、と自分にいい聞かせるけれど、努めて明るくふるまう十七歳の心中は見えない。こういうとき、ワンさぶ子がうらやましい。いつも通りの愛想のなさだ。いやむしろ、次男に向かって、ケッケッと舌を出していた。ワンさぶ子は自由だ。

### 5月某日　十四歳

あなたは日本語と英語、どちらが好きですか？　という疑問文に比較級を使った英語で答えよという問題。I liker Japan. という、ある意味ミニマムな解答を目にして感心する。気持ちはわかる。しかし、間違っている。けっこう大胆に間違っている。大きく深呼吸をしてから、動詞は比較級にならない旨をむすめに伝える。

「うん、わかった」

あまりにもあっさりとうなずかれて、ほんとうにわかったのかと念を押したくなるのをぐっと我慢。きっとほんとうにわかったんだろうな……。

### 5月某日　母の日

子供たちからカードをもらう。私はカードをもらうのが一番うれしい。もう少し歳をとって、子供たちがみんな家を出ていって、さびしくなる日があったら、これまで誕生日や母の日にもらったカードを並べて、一日に一枚ずつ読んでしあわせな気持ちに浸りながら生きていこうと思う。

そんなことを考えながら、カードをうれしく読んでいたら、ものすごく稚拙なメッセージがあって首を傾げる。長男ヒロト（仮名）の署名がある。ははーん。夫だ。夫が東京にいるヒロト（仮名）のふりをして母の日のメッセージを書いてくれたのだ。ありがたいけど、あなたの息子は文章がもっと上手だ。

### 5月某日　R.I.P.

西城《さいじょう》秀樹《ひでき》さんの訃報。ネットで知って、かなりの衝撃を受ける。少し迷ってから、実家の母に伝えに行く。母は西城秀樹さんがとても好きだったのだ。

案の定、一瞬の絶句の後、涙を流していた。黒柳《くろやなぎ》徹子《てつこ》さんが、ザ・ベストテンに出演した歌手の中でダントツに歌がうまかったとお悔やみを述べていたことも伝える。それはとてもいいお悔やみだと思った。すると母も笑顔になって、そうよね、歌がうまくて、かっこよくて、みんなに愛されて、しあわせだったわよね、といった。

実家から帰ろうとしたら、父が車で戻ってきた。母の顔を見るなり、

「おい、西城秀樹が……」

ふりかえると、母がまた、ううっと泣いていた。

## 5月某日　ウミガメのスープ

新しいエッセイ集『とりあえずウミガメのスープを仕込もう。』発売。たくさんサイン本をつくらせてもらった。七年間ずっと魅力的なイラストを描いてくださった水上《みずかみ》多摩江《たまえ》さんにもやっとお会いできた。偶然、お互いの息子たちが同じ大学に通っていることもわかって話が弾み、最終の新幹線に乗り遅れそうになって東京駅を全力疾走。

## 5月某日　ロイヤル試写会

なんと天皇皇后両陛下が映画『羊と鋼の森』の試写を観てくださるという。両陛下がおふたり揃われて映画をご覧になるのは久しぶりとのこと。緊張しつつお迎え。おふたりが腕を組んで歩いていらしたとき、まぶしく、こうごうしく見えた。ああ、それで皇后陛下とおっしゃるのだな、などと考えてから、違う違う、と首を振る。試写の後、場所を移して、二十分間の懇談。仕切りを立てて、記者も編集者も入れない場所で、親密な雰囲気で。天皇陛下も皇后陛下も、美しく、柔和で、親しくどんどん話しかけてくださる。映画に出てくる森についてのお話から、お庭をご自分で丹精されるお話になる。出会った軽井沢《かるいざわ》の思い出に、美智子さまのために白樺《しらかば》を植えられたと楽しそうにおっしゃる。なんと素敵な庭仕事であろうか。ふと、お庭ってあの広い皇居のお庭かな、と思う。きっと違う。誰も知らない、おふたりのお庭が宇宙のどこかにある。そんな気がした。

懇談が終わって両陛下が去られた後、その場に残った橋本監督と、山﨑賢人《やまざきけんと》さんと、上白石《かみしらいし》萌歌《もか》さん、辻井伸行さんと顔を見合わせ、何か大きなことをやり遂げた同志のような錯覚に陥った。いやいや、錯覚だ。私はほとんど何もしていなかった。

## ワンさぶ子のおやつタイム

夕方の散歩は、おかーさんと、トミー&ばぁばをお供にして行くことが多いです。トミーは、よく、道端に生えている草を触ったりちぎったりしながら、ぶらぶら歩きます。でも、この道は、わたしだけじゃなく、いろんな犬や猫のおともだちの散歩道でもあります。お互いにマーキングしあっているので、まぁ、控えめにいっても清潔とはいいがたいです。おかーさんとばぁばは、「草に触りながら歩くのやめて」とトミーにいうのですが、トミーはぜんぜん気にしていません。それどころか、ときどき葉っぱをちぎって草笛にしてピューーッと吹いてみせたりします。おかーさんとばぁばは、げげっとなって、「ちょっと、やめてよう」と止めます。トミーは笑っています。トミーという人の心はたぶん、おかーさんやばぁばよりも、わたしの側に近いんだと思います。

# 6月

## 映画、始まる

### 6月某日　ころがる

ワンさぶ子は道の途中で気になる匂いに出会うと、しばらくふんふん嗅いでいて、突然そこで仰向けにごろんと寝ころんで地面に背中をこすりつけはじめる。「さぶ子！　ワンさぶ子！」と呼んでも夢中で背中をこすりつけている。そこが雨上がりの泥だらけの道端であってもだ……あぁ……。

### 6月某日　紫陽花《あじさい》

「隅田《スミダ》の《ノ》花火《ハナビ》」という、名前も風流な紫陽花があまりにもきれいだったので、中庭に植えたのが十年前。あっという間に大きくなって、ひとりでにぼうぼう茂っている。少しずつ野生化したらしく、山に自生するガクアジサイにそっくりになった。これはこれで美しい。この子にとってもこれでよかったんだと思う。「あたし、ほんとうはこうなのよ！」と胸を張っている感じだ。ワンさぶ子を中庭に出すと、ビクターの犬みたいに首を傾げて、たくましい素顔の紫陽花を眺めていた。

### 6月某日　映画公開

『羊と鋼の森』、やっと封切り。初日舞台挨拶で、原作者からの手紙が読まれる。主演の山﨑賢人さんを泣かせるつもりで書いてくださいとのひそかな依頼だった。悩んだ。何度かお会いしてお話しさせていただいたけれども、あの人は泣かない。とてもきれいな、柳の木みたいな人なのだ。泣く人じゃない。それでスタッフやキャストを思いながら手紙を書いていたら、自分が泣けた。関係者の皆さま、ほんとうにお疲れさまでした。あっ、映画はこれからだ。

### 6月某日　地元で観る

試写会に参加できなかった夫とむすめと三人で地元の小さな映画館に観に行く。ちなみに、夫婦割はどちらかが五十歳以上ならふたりで二千二百円で観られる。ひとり千百円。千百円でいいんですか、という気持ちになる。千百円だと、高校の体育館で板鳥《いたどり》さんが最初の音を出して、外村《とむら》くんがふりかえるところくらいまでじゃないかなーと思う。

何度も観ているのに、また泣く。むすめも泣いたといっていた。

「ママ、犬のところはママが書いたの？」

「ううん、子犬のワルツのエピソードは書いたけど、犬は書いてない」

「やっぱり。あれをママが書くわけないと思ったよ」

母の性質をよくわかっている。でも、その場面でぼろぼろ泣いたそうだ。

終演後、グッズがかわいくて、たくさん買う。ちなみに、原作者はグッズとかもらえるかと思っていたけど、実はもらえない。招待券とか割引券とかも、もらえるものかと思っていた。

ふっ、もらえないんだね。

## 6月某日　最後の大会

次男の高校生活最後の県大会を観に隣市の高校へ。二年前の長男の最後の大会もここだった。生徒玄関の壁に『羊と鋼の森』のポスターが貼ってあって、不思議な気持ちになる。息子の試合を観にきた母としての自分と、ちょっと離れたところにいる宮下奈都と。

ラケットを携えた男子高校生たちが何人も通っていく。バドミントンを通して中学や高校で出会った子たちの姿が思い出されてきて、会場に着く頃にはすでに胸がいっぱいだった。体育館の重い扉を開けると、すぐに試合のコート。朝、家を出ていったときとはまったく別の顔をしている次男のユニフォーム姿を見つける。もうそれだけでドキドキしてきた。なるべく見つからないよう、体育館の隅っこに、ちんと小さくすわる。長く一緒にやってきた子たちの、笑ったりふざけたりしている普段とは違う引きしまった顔に、こちらまで背筋が伸びる思いがする。思いがけず、仲間に誰よりも大きな声援を送っているのが次男だった。がんばれ、がんばれ、と私も心の中だけで応援する。試合では、相手コートのぎりぎりのラインを狙って打ってアウトになる、意外に攻めのプレイスタイルに驚く。もっと安全にインを取っていくタイプだと思っていた。十七年間家で見てきたつもりの、よく知っているはずの息子とは別の子がコートにいるみたいだった。観られてよかった。

### 6月某日　いい目

次男は、大会の会場ですれ違ったおじさんに、「いい目をしているな」と声をかけられたらしい。この子は以前もコンビニで見知らぬおじさんに「いい目をしているな」といわれたことがあった。いい目をしているって、そんなによく使われる言葉だろうか。今日は続けて「強いんだろう？　名前は？　どこの高校？」といわれ、言葉を濁したそう。そんな有名選手じゃないです……。

### 6月某日　希望

上京して仕事。その前に、友人と会っておいしいごはん。限られた時間、夢中で話して笑いころげる。こんなに笑えるんだなあ。楽しすぎて別れがたい。一月に初めて会ったときは、まさかこんなに親しくなれるとは思いもしなかった。生きてきた環境が違っても、何歳になっても、大事な友人ができる。それは、大きな希望だ。

## 6月某日　辻井伸行さんコンサート

サントリーホールで映画公開記念コンサート。辻井さんのピアノは、『羊と鋼の森』に出てくる原民喜《はらたみき》の「明るく静かに澄んで」を体現したような音色だった。辻井さんと久石譲さんとのトーク場面で、山﨑賢人さんも登場。もう、甥《おい》っ子みたいな気持ちで、揺れるトークをハラハラ見守る。上白石《かみしらいし》萌音《もね》さん萌歌さん姉妹も客席にいて、休憩時間に私を見つけて「宮下さん！」とにこにこしてくれる。こちらは可愛い姪《めい》っ子みたい。ああ、日本一可愛い、よくできた姪っ子であろう。

伯母や叔父夫婦も来てくれていた。私が東京の大学に通っていた頃に一緒に住まわせてもらっていた伯母と叔父夫婦だ。三十年経ってもぜんぜん変わっていなくて、相変わらず姉弟でがんがんやりあっていて笑ってしまう。今日のチケットは売り出してすぐに完売したと聞いていたから、よほどがんばって取ってくれたのだと思う。久しぶりに会えてうれしい。

これで、ひとまず『羊と鋼の森』関連はおしまい。楽しい、素敵な思いをたくさん味わわせてもらった。明日からは、また新しい気持ちでがんばろう。

## 6月某日　北信越《ほくしんえつ》大会

ところで、こないだ高校生活最後の大会を終えたはずの次男は、明日から金沢へ最後の最後の大会に出かけるそうなんですけど。

## 6月某日　梅雨の嘘つき

急に気温が上がって、散歩に外に出ると皮膚がパチパチ焼ける音がする。ワンさぶ子は眉をひそめ、すぐに踵《きびす》を返そうとする。梅雨なんて、嘘じゃないの？　ああ、二月の豪雪を少しだけ取っておいて、今ばらまいたらどんなにいいだろう。福井市民ならみんなそう考えたに違いない。公約にしたら市議会選挙に勝てそう。

## 6月某日　パスポート

ふいに、パスポートを取ることを思い立つ。渡航の予定もないのにだ。ただＢＴＳのワールドツアーが決まったというだけで、こんなふうに行動的になる自分の心の動きに感心する。むすめも一緒に申請に行く。ちょうど十五歳の誕生日の前日で、このパスポートの期限が切れるとき、むすめは成人するのだ。そう思うとなおさら感慨深い。五年後、新しいパスポートに切り替えるとき、この子はどこで何をしているだろう。

## ワンさぶ子のおやつタイム

なんだか暑くなってきたと思ったら、夏なんですね！　六月なのに梅雨明けしたなんて噂も聞きました。信じられません。信じたくありません。おかーさん、なんとかして！

でもよく見たら、おかーさんも大きな帽子をかぶって汗をかいてへろへろしながら散歩していました。だめだ、ぜんぜん頼りにならないわ。道ですれ違う大きくて茶色い子は「太陽が近いんじゃ！」といっていましたし、小さくて白い子は「肉球が熱いんじゃ！」と怒っていました。同感です。

ところで、『羊と鋼の森』を観てきた家族が、帰ってくるなりみんなわたしのことをぎゅうっとして「ワンさぶ子ぉぉぉお！」と泣きそうな顔をするのはどうしたわけでしょう。白い犬が活躍する場面でもあるのでしょうか。ふふん。

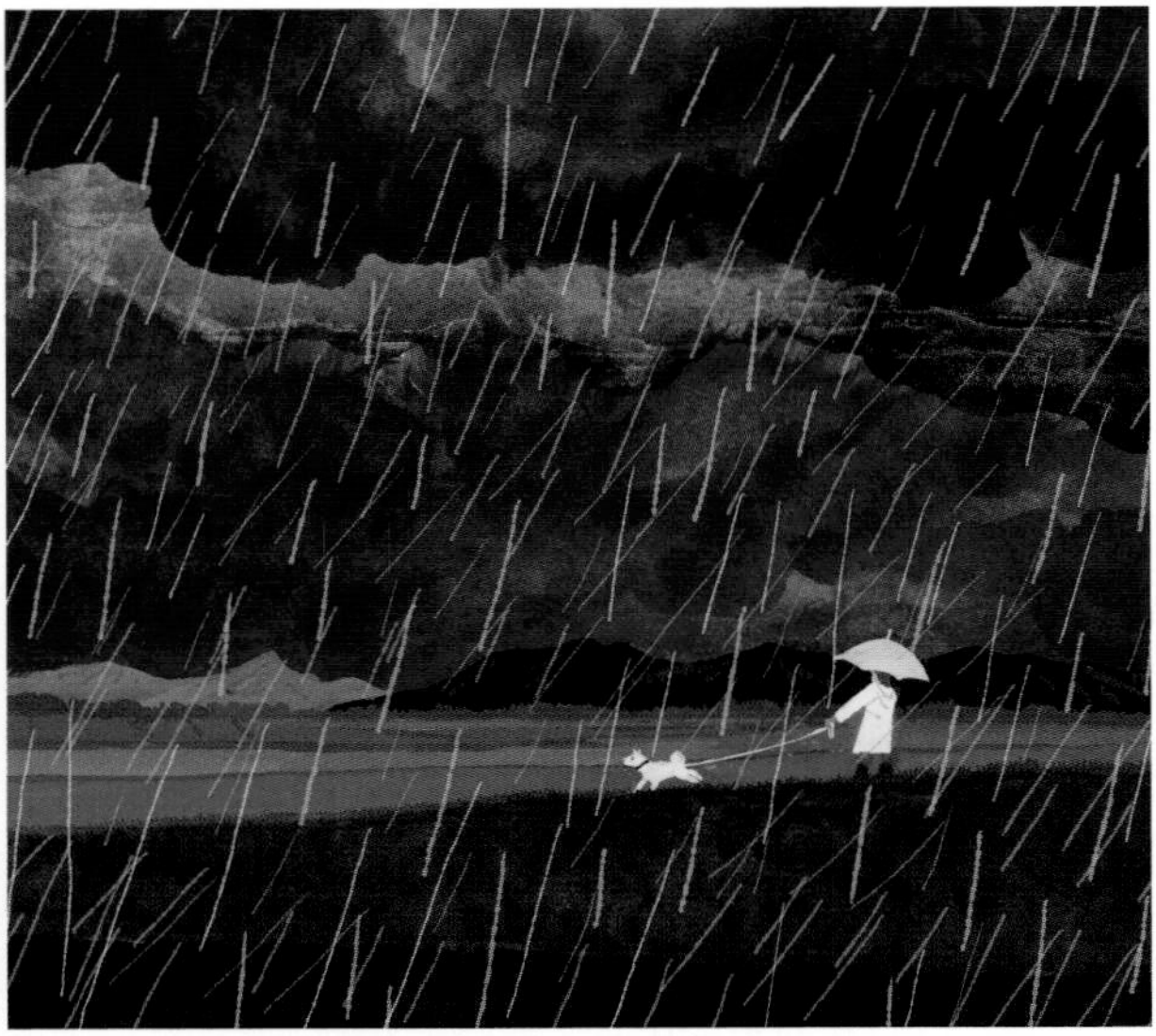

Book Shop

# 7月

## 暑中お見舞い申し上げます

### 7月某日　負け

暑い。暑いといったら負けだと思うが、負けてもいいからいわせてほしい。暑い。

### 7月某日　換毛《かんもう》期

ワンさぶ子は今、盛んに毛が抜けて夏毛《なつげ》に替わっているところだけれど、ちょっと遅くない？　もうとっくに猛暑だよ。もうちょっと早めに替えておこうよ。

### 7月某日　しっぽ

毛が抜けるのが気になるのか、すわり込んで自分の毛の様子を見ているワンさぶ子。足や背中をなめたりしているうちに、しっぽが気になりはじめたらしく、しっぽを捕まえようと試みている。ついにはしっぽを追いかけてグルグル回る。もしかして、まだ赤ちゃんなのか。

**7月某日　大雨警報**

高校から緊急連絡メール「件名：大雨の対応」。「大雨の影響により明朝のＪＲ等の運休、遅れが予想されます」と期待させておいて、「安全を最優先して登校してください」だったので息子ががっくりと膝をついている。

**7月某日　豪雨**

西日本で豪雨。特に中国地方で被害が大変なことになっている。

**7月某日　東京では地震**

ニュースで見る豪雨被害がすさまじくて、胸が痛い。夜、東京で地震。速報を見て、長男に「だいじょうぶ？」とＬＩＮＥを送ったら、「無理。降年《こうねん》しそう」と返ってきたので既読スルー。地震の話だよ。

**7月某日　ロンドン**

「ねーねー、パリってロンドン？」

むすめの質問がわけわからなさすぎて、家族全員無言に。ワンさぶ子だけが「ロンドンだよ！」ってうなずいていた。

## 7月某日　いつ何を

夏休みはうれしいけれど、何もせずだらだら過ごしていいんだっけな日と、すごく忙しくてお茶の一杯も飲めない日があって、何かがおかしい。計画を立てるのが得意ではない。いくつかのことが重なったときに、先にどれをやって、次にどれをすればいいか、わからなくなる。思いついたところからやっていくと、効率が悪かったり、どれかを忘れてしまったりする。たとえば、顔を洗って、化粧水をつけて、日焼け止めをつけて、お化粧をする。そのどこに「コンタクトレンズを入れる」を挿入すればいいのか判断に迷う、というようなことだ。コンタクトレンズを入れた状態でなければ鏡の中の自分の顔が見えない。しかし顔を洗う前に入れては、洗顔中に水が目に沁《し》みたりする。けれども、途中で入れると、二度手を洗わなければならない。というようなときに、優先順位をどうするか、だ。わかりにくいたとえですみません。

## 7月某日　つられる

暑い。あまりにも暑いので、散歩を短く切り上げて帰ろうとするも、こういうときに限ってワンさぶ子がはりきっている。もっと歩こう、もっと行こうよおかーさん、とおしりを振り振りずんずん歩いていくのである。犬は地面から近いため熱中症になりやすいと聞く。適度なところで切り上げなくては、と思いつつ、ワンさぶ子の元気につられて歩いてしまう。ワンさぶ子がいなかったら、私はこの夏、家に閉じこもって足が退化していたに違いない。

## 7月某日　果物でしのぐ

スイカとメロンと桃とマンゴーが冷蔵庫に入っていてしあわせ。あまりに暑くて生きる気力の湧かないこの時期、果物だけが心のよりどころだ。おおむね家族の合意も得られているかと思っていたが、次男がいた。この子は果物を食べない。この暑いのに朝からごはんを食べるという。できればお味噌汁もほしいという。果物ではだめなのかと問うと（だめだよね）、しばらく考えて、

「新鮮な梨なら好き」

まるで新鮮じゃない梨を食べさせていたみたいで人聞きが悪い。

むすめは果物全般を愛している。特にスイカ。三食スイカでもいいらしい。

「カブちゃんの匂いがする〜」

満面の笑みで食べているが、カブトムシの匂いってどうなの。

## 7月某日　ろんろん

夏休みの宿題をしていたむすめ、「ろんろん賢くなっていくよ」とうれしそう。そこは、どんどん賢くなっていく、とちゃんといおう。ぜんぜん賢くなっていく気がしない。

## 7月某日　暑すぎて

十月の福井国体の開会式の式典演技を見学。式典で披露するお芝居の台本を私が書くのだ。

本来の仕事とは違う気がするけど、両親がよろこんでくれると思って引き受けた。千人以上のダンサーが集まっての群舞は圧巻。だけど、暑い。台風が近いせいで、ときおりスタジアムを熱風が吹き抜ける。むおおおお！　息ができない。みんな、無事か。命がけだな。

## 7月某日　散歩中

私がワンさぶ子と一緒にふんふん鼻歌を歌っているのを見て、隣を歩いていたむすめがぽつりといった。

「ああ、早く大人になりたい」

ありがとう、そんなふうに思ってくれて。犬になりたいといわれたら、ちょっと心配するところだった！

## ワンさぶ子のおやつタイム

おかーさんはＢＴＳの日本ツアーが決まったといってはしゃいでいます。かと思えば、先行予約の抽選に当たるかどうか心配だといって困り顔でうろうろ歩きまわったりもしています。ふふ。抽選に当たったら、わたしも連れて行ってもらおう。アリーナ当ててね、おかーさん！

ところで、どこかで賢い犬の話を聞いてきたらしいきなこちゃんが、急にわたしに

「おかわり！」といい出したのでびっくりしました。「お手！」といわれるだけでもめんどくさいのに、どうやら手を替えてお手をしなければならないらしく、めっちゃばかばかしいです。おすわりの状態で左手を出して、次に右手を出すには、とうぜん体重の移動が必要で、なんでわざわざこの暑いのにそんなことをしなければならないのかわたしにはわかりません。そこまで考えた上での「おかわり」無視であるにもかかわらず、きなこちゃんは「どうしてワンさぶ子はおかわりもできないの」などと真剣にいうのでちょっと腹が立ちました。できないんじゃなくて、しないのよ。そういう選択肢も、あるの。

# 8月
## そしてまたトムラウシ

**8月某日　風邪**

かわいいくしゃみが聞こえて、誰かと思ったらワンさぶ子。様子を見に行くと、ツンとすましている。くしゃみ？　してないよ、してるわけないじゃん、とでもいいたげ。でも、よく見ると、鼻水を垂らしている。びっくりした。この暑いのにどうやって風邪をひいたのか、理解できない。

**8月某日　歳をとる**

ハリー・ポッター二十周年記念、と出ているのを見て、むすめが「えっ、じゃあ、ハリーって今三十歳？」と声を上げているのだけど、そういうことではないだろう。

## 8月某日　高校生は多忙

去年まで、高校の夏休みは、午前中が夏季補習で、お昼に持参したお弁当を食べて、午後は夕方まで部活だった。夏休みといっても毎日お弁当を持って学校へ行くので、あんまりピンと来ない感じだった。今年は、部活を引退した分、午後まで補習。やっぱりあんまり夏休み感がない。そういえば長男は夏季補習を全休したので、親が呼び出されたのだった。次男はそれよりはずっとマシ。

ようやく夏季補習が終わったと思ったら、模試。模試が終わったと思ったら、また模試。それからセミナー。と思ったら、申し込みを忘れていたという。わざわざ家族旅行の日程をずらしたのは何のためだったのか。すっごくためになるセミナーだったかもしれないのにと未練がましくいったら、それさえ出ておけばなんとかなるようなセミナーが存在すると思う？　と笑っていた。いやまあそんな魔法のようなものがあるとは思ってないけど、忘れてた子にいわれたくないわ。忘れてた子にな。

## 8月某日　誰だ

朝、散歩の後に玄関でワンさぶ子と遊んでいたらチャイムが鳴って、つい無防備に開けてしまった。知っているはずの誰かが立っていて、誰だっけ、次男の高校の担任の先生にとても似ているけど家の前にいるわけがないし、よく似た誰かに違いない、でもでも誰だっけ、先生にとてもよく似ている誰か。

「こんにちは、家庭訪問です」

脳が否定しようとしている。今日が家庭訪問だったなんてありえないといっている。

「息子さんから、聞いて？　ない？　ですよねぇ」

あわてて次男を呼ぶと、なぜか制服に着替えて出てきた。かえって不自然。

「寝てたな」

先生に指摘されてプルプルと頭を振っていた。

## 8月某日　北海道旅行

長男ヒロト（仮名）が飛行機に乗り遅れる。あはは。家族全員苦笑するだけで誰も驚かないし怒らない。まぁそうだよね、ヒロト（仮名）だもんね、ふふ、という感じ。ただ、お盆が近いので、乗る予定だった便の後はすべて満席。このままではヒロト（仮名）だけ旅行できずにお留守番ということに。所用で彼だけ名古屋の中部国際空港から搭乗することになっていたのだが、名古屋からも羽田からも小松からも席がない。とりあえず誰もいない福井に帰って、空席が出るまで待つか、とあきらめかけた頃、羽田→千歳《ちとせ》の夜の便に空きが出たことが判明し、すぐさま予約。ほんとうは女満別《めまんべつ》空港で待ち合わせだったんだけど、一週間ひとりで留守番よりはずっといい。千歳で一泊して、翌日の夜の便で女満別へ。

## 8月某日　トムラウシ

「よく来てくれたね」「会えてうれしいよ」

素直にそんなふうにいいあえることって、なんてしあわせなんだろう。私たちが毎夏、当然のようにトムラウシに帰ってくるのは、迎えてくれる人がいるからだ。五年前、山村留学していた頃とは学校の先生たちも山村留学家族も替わり、在校生たちも次々に卒業していき、交流館「とむら」の主《あるじ》も替わった。小さな集落も変化していっている。それでも、一緒にごはんを食べて、一緒にバドミントンをして、一緒にお茶を飲んで、話して、笑って、泣いて、それがまるで先週の続きのようにできる、私たち家族にとってはすごく大事な場所で大事な人たち。トムラウシが桃源郷だといいたいのではなく、あのときトムラウシで暮らしていた人たちと私たちの間にあるものが宝のようなものなのだと思う。

当時中学一年生だった次男ボギー（当時の仮名）は、もう高校三年生。同じクラスだったももちゃんななちゃんはそれぞれ別の高校に通い、これからはボギーも含めてさらに離れた道を歩むことになるのだろう。三人それぞれのしあわせな道をと祈るばかりだ。むすめは中学三年生。あの頃の長男ヒロト（仮名）と同じ年齢になった。この五年間に最も変動のあった学級だったらしい。あと半年で卒業して、みんなトムラウシを出ていくことになる。こちらも、どうかしあわせに生きていってと心から願う。また来年会おうね、といって別れる。来年はみんなどこでどうしているのだろうかと思いながら、北海道を後にする。

## 8月某日　インドア派の海外

来月、長男が生まれて初めて海外に出るというのだが、まだ何も準備していないし、スーツケースすら持っていない。問題はスーツケースではなく、中に何を詰めていくかのほうだと思うのだが、とりあえずいれものだ。いれものがなくちゃ始まらない。ネットで検索してみたら、開始一分で便利なレンタルスーツケースのサービスを見つけた。もうこれでいい、というか、最初はレンタルしてだんだん自分に合うスーツケースを選べるようになるほうがいいでしょう。「おっ、それいいね！」と長男がにこにこしているが、床に寝転がって文庫本読みながらいうことじゃない。自分で調べろ。そして借りろ。それが済んだら次は中身だ。パンツとシャツを用意するんだ。本を閉じろ。立ち上がれ。こんなインドアなやつが八泊九日でイタリアに遺跡の発掘調査に行くというのだが、役に立つのだろうか。まず飛行機には絶対に乗り遅れるなよな。

## 8月某日　超能力で

夏休みも大詰め。終盤に行われた中学校の学力テストが思ったよりぜんぜんできなかったというむすめ。ふふ。何を根拠に「できる」と思えるのか、まずはそこから素朴に疑問に思うよ。まあいい。「問題数が多すぎて頭が真っ白になった」という。出たよ、真っ白。この子は頭が真っ白になるとほんとうに答案用紙を真っ白のまま出すのだ。そして、問題数が多かったとか、一問目から難しかったとか、彼女にとって想定外の状況になるとしばしば頭が真っ白になるのだった。不憫な妹のために兄たちがアドバイスしている。

「想定外の問題が出たときのためにシミュレーションしておくんだよ」

たぶん、シミュレーションという単語がわからなかったのだろう。一瞬ぽかんとした後に笑顔でうなずいた。

「わかった。超能力を使う練習をしておくんだね」

「……そうだね」

そうだねじゃないだろう。いったいどんな超能力を使って問題を解くつもりなのかと考えながら母はよく冷えたスイカを食べた。

## ワンさぶ子のおやつタイム

今月はわたしを置いてみんなで北海道へ行っちゃったかと思えば、ヒロトにーちゃんも一緒に帰ってきてにぎやかに楽しくなっちゃった一か月でした。にーちゃんときなこちゃんとわたしと三人で散歩に行っても、途中でにーちゃんとわたしがダッシュして家まで走って帰ってくるから、きなこちゃんがひとりで歩いて帰ってくることになったりもして、そうするとおかーさんが怖い顔をして、犬の散歩中に誘拐された女の子の話をするのでした。わたしとヒロトにーちゃんはこっそり顔を見合わせて「人も車も通ってる昼間の町中で中学生を誘拐するやついないって」とうなずきあいます。怒ってるおかーさんには内緒です。

北海道からトウモロコシがいっぱい送られてきたときに、おかーさんがふざけてトウモロコシのヒゲがふさふさついてるところをこっちに向けてわたしを怖がらせようとしました。わたしがちっとも怖がらずにトウモロコシに近づいていったら、急におかーさんが「ワンさぶ子ぉぉぉおお！」と叫んでわたしに抱きついてきたのもおもしろかったです。「ワンさぶ子はおかーさんがいじわるするわけがないって信じてて、だからヒゲも怖がらずに近寄ってきたんだよねぇ」ってひとりで感激してわたしを撫でていました。違うって。信じるとか疑うとかじゃないって。だってそれただのトウモロコシじゃん？

# 9月　いってきます

**9月某日　秘密の質問**

帰省している息子のスマホが壊れた。十秒くらいで電源が切れてしまう。その十秒の間に、必要なものを私のスマホで撮ってメモに残し、また電源がつくのを待ってメモを取り、というちまちました作業を続ける。ほとんどがネットのサイトのログイン名やパスワードの記録だ。ふとそのメモを見たら、よくある「秘密の質問」のところに、「母親の旧姓は？」というのがあって、答え：獅子王、と書かれていた。獅子王……。

**9月某日　この親にして**

そういえば、夫は「秘密の質問」を「あなたの主食は？」に設定して、答え：トマト、としていたことがあった。トマト……。

## 9月某日　東京へ

長男が東京へ戻る。その朝、実家へ挨拶に行くと、初孫がかわいくてかわいくてしかたがない父も母もちょっと言葉に詰まっている感じだった。

「じゃあ、行ってくるね」

と長男は軽やかに手を挙げた。東京に帰るではなく、行ってくる。無意識に選んだ言葉かなと思う。でも、最後に実家のドアを開けて外に出ていきながら、「いってきます」と笑顔でいった。明らかに、選んで使っているのだと思った。

## 9月某日　チケット抽選

どれだけ倍率が上がっているのか想像するだけでくらくらするほど人気の出てしまったＢＴＳドームツアーのチケット、ファンクラブ先行抽選。当落メールが来ない。何時間待っても来ない。サーバーがダウンしているらしく、ローチケにも入れない。午後六時の当落発表から六時間以上待った午前零時過ぎ、ようやく、ようやくメールが来た。……当たってた。当たってたよ!!　小さく叫んだので、扉の向こうで眠っていたワンさぶ子が何事かと身体を起こし、ガッツポーズをとる私を眠そうに眺めていた。

## 9月某日　心配

ネットで調べものをしようと、検索欄にカーソルを合わせたら、「入金忘れ」と出てきた。

検索履歴に「入金忘れ」……。私が入金を忘れてライブを観に行けなくなるところを想定して、むすめなりに方策を考えようとしていたのだろう。まったく信用ないなぁ。ふっ。

### 9月某日　卒業とは

卒業したはずのスプラトゥーンにまた入学している次男。またの名をゲーム王。やり終えて、しばし沈黙。再び卒業するらしい。手慣れた様子でゲーム機を外し、梱包して段ボールに詰め、自ら納戸に片付けていた。何回卒業するつもりか。

### 9月某日　体育祭にて1

これが最後の体育祭かとちょっと感慨深く思いつつ、息子の高校へと自転車を漕《こ》ぐ。二十分くらい早く着いて、ふふ、ゴール盛り上がってるわ、と思ったら、それがなんと三年生のリレー、息子の出る競技がちょうど終わったところだった。うわーん。知り合いのお子さんたちの写真をパシャパシャ撮って楽しかったけど、宮下くんの写真は一枚も撮れなかった。

### 9月某日　体育祭にて2

校庭で、友達のおかあさんに、「うちのはぜんぜん勉強せんのや。宮下くん、勉強してるか？」と聞かれて、元気よく「はい！」と答えていた息子。えっ？

### 9月某日　がんばれ

イタリアでローマ時代の壺《つぼ》が発掘され、中に金貨がぎっしり詰まっていたというニュースが出ていた。時価数億円にも上るという。何千年も前の金貨がそのまま発掘されることに驚くが、今まさにわが家の長男も、大学からイタリアへ遺跡発掘調査に行っているのだ。ＬＩＮＥで金貨のニュースを送ると、短い返信あり。「我も探す」。

### 9月某日　招待状

ＵＡＥ（アラブ首長国連邦）でのブックフェアに行きませんかという話が来て、なにそれって思った朝。二か月前に取ったばかりのパスポートがあるよ？

### 9月某日　秋の日

どうしたって心が落ち着かなくて、さびしいような、せつないような、泣きたい気持ちになることが年に一度くらいある。理由はわからない。ただ、楽しい音楽を聴いても、おいしいものを食べても、友達と話しても、結局は最後にはひとりで泣きたくなる。今日は初めからあきらめて、泣けるビデオを観ていた。あるグループの、メンバーがひとり亡くなってしまった後の日本公演の様子。生きていた頃の輝くばかりの笑顔がスクリーンに映し出される。どんな手段を使ってでも、この人が亡くなることを避けたかったと思うけれど、どこまで遡《さかのぼ》ればいいのかわからない。このグループに入らなければよかったのだろうか。デビューなんてしなければよかったのか。でも、そうしたらこの人の才能は眠ったままで、輝く笑顔も見ることはできなかったかもしれない。それでも生きてさえいてくれればいいときっと家族なら思う。本人がどう思うかはわからない。そして、ほんとうはもうどうすることもできない。私はただこの人の歌を聴いて涙を流すだけだ。

## 9月某日　ひとり遊び

ワンさぶ子は、赤ちゃんの頃から使っているピンクのボールで遊ぶのが好き。ときどき、ボールを仮想敵に見立てて、ひとりでごっこ遊びのようなことをしている。ボールの一メートルくらい手前で伏せて狙うようなポーズをとったり、その後びゅっと飛びついてみたり。ボールを蹴って追いかけ、白い手でスチャッと止めて反対側へ蹴り、またそれを追いかけて止めるというひとりサッカーのようなこともやっている。ただ、私がそれを見ていることに気づくと、気まずそうに知らん顔をする。だからいつもこちらも知らん顔をして、こっそり覗いてよろこんでいる。いつまでも見ていられる。とにかくかわいいワンさぶ子。

## 9月某日　最終回

長く続けてきた「ＥＳＳＥ」での連載エッセイが、年内発売の号で終了することになった。毎月一回七年も続けてきたから、終わりはさびしいだろうと思っていたけれど、実際は少し違った。新しく始まる何かのために、その準備のためにこのエッセイは終わるのだ、と感じたのだ。しあわせな終わりだ。最後に気合いを入れて、いいエッセイを書こうと思う。あらっ、それじゃいつもはてきとうに書いてるみたいじゃない？　このエッセイみたいに？（うそです！気合い入れて書いてます！）

## ワンさぶ子のおやつタイム

ようやく空が高くなって、秋の匂いがして、柴犬の天下が戻ってきました。朝も夕もふんふん鼻歌を歌いながら散歩します。この際だから提案しますけど、柴犬法とか柴犬教典とかなにかそういうもので、夏は暑くしすぎないこと、っていう規則をつくってほしいです。涼しささえあれば柴犬は百人力なのです。

　せっかくのさわやかな九月なのに、おかーさんは、「九月って何してたっけ？」などといっています。あっという間に過ぎて、もう思い出せないのだそうです。何もできないで月日だけが過ぎていく、って。ねー、おかーさん、やばくない？　そういうの、へんだよ。九月はお散歩したり、お庭走ったり、おやつ食べたりしたでしょ。ボール投げしたり、カラスと話したりもしたでしょ。猫を追いかけようとして怒られたりもしたじゃない。え、八月にも七月にも六月にもしてたって？　うーん、そうだったかもしれない。でも、それでいいんじゃないの？　毎日そうやって過ごせればいいじゃない。柴犬教典にもたしかそう書いてあったよ、うん。

# 10月

## 楽しいっていいことだ

### 10月某日　ごめんね

よく、ワンさぶ子とふたりでボールで遊ぶ。今日は一投目で、ボールに先んじて走り出したワンさぶ子の後ろ頭にボールが当たってしまった。そうしたら、急にものすごくテンションが下がったようで、つと足を止めると、肩を落として、そのままごろんと床に伏せてしまった。足もとをころころ転がっていくピンクのボールがむなしい。

### 10月某日　友達じゃないし

散歩であまり会いたくない親子がいる。おかあさんは人間のおばさんで、子供は白いマルチーズのキョンちゃん（仮名）だ。キョンちゃんはかわいくて賢い子なのだが、おばさんが「うちのキョンちゃんはワンさぶ子ちゃんとお友達ね」といって小さなキョンちゃんをワンさぶ子のほうへ押しやるのである。ワンさぶ子はキョンちゃんのことを友達だとは思っていないらしく、いつもは黒目ばかりのつぶらな瞳の白目率を若干高くして、喉の奥でぐるるるると小さく唸《うな》っている。一応、気は遣っているらしく、表立って吠えたりはしないのはけっこうえらいと思う。道の向こうにちらっとキョンちゃんが見えると、急いで方向転換するしかない。でも、おばさんは目ざとく見つけてキョンちゃんと共に小走りに来る。せっかく友達だと思ってくれているのに友達じゃありませんとはいいにくいし、こちらも小走りに逃げるのみ。あちらとこちらで走りあっているのが笑える。

**10月某日　基準**

宿題のプリントを解いていたむすめがいきなり、

「でも楽しいよねえ」

というので、何が？　と聞くと、

「連立方程式！」

むすめの楽しいの基準はよくわからない。

**10月某日　餃子《ギョーザ》の街にて**

宇都宮《うつのみや》で「『羊と鋼の森』を歩く」コンサート。金子三勇士さんのピアノがやはり素晴らしい。何度聴いても心が震えて熱い感情が湧きあがる。宇都宮のお客さんたちもとても温かくていい方々ばかりでしあわせな余韻に包まれた。ずっと応援してくれている宇都宮の書店さんに寄ってから、夜、新幹線で東京へ。台風で北陸新幹線は止まってしまった。東京へ出ることにして正解だった。

## 10月某日　武道館

Nothing's Carved In Stone 武道館《ぶどうかん》公演。なんというか、感無量。感無量なんて言葉で感想をまとめるようになったらおしまいよ。それでも、なんというか、感無量なのだ。結成から十年で、ついに武道館。晴れやかな舞台に立ったメンバー四人はいつも通りの自然な笑顔で、観ているこちらは涙が出た。輝くようなライブだった。

## 10月某日　まだ走れる

浦安《うらやす》と秋川《あきかわ》で二日連続「『羊と鋼の森』を歩く」コンサート。何百人ものお客さんがにこにことピアノとトークを聞いてくださる。楽しそうに笑い、ピアノの音色に熱心に耳を傾ける。ああ、ほんとうにお客さんに恵まれている。連日、知らない方々、知っている方々、たくさん来てくださって、しあわせなエネルギーをもらっているのを感じる。

　だけど、サイン会が長引いて、帰りの新幹線を逃しそうに。重たいキャリーケースを抱えて立川《たちかわ》駅を猛ダッシュ。ぎりぎりで間に合って、息を切らして「間に合いましたー！」と連絡を入れると、駅まで送ってくれた音楽事務所のメンバーと金子三勇士さんから拍手が起こったとのこと。ブラボー！

## 10月某日　主食

ところで主食にしていたトマトの季節がすっかり終わってしまい、今季の夫の主食はみかんだそうだ。みかんでおかずを食べるうちの夫、すごい。

## 10月某日　お墓の管理

朝のローカルニュースを観ていたら、お墓の管理の代行サービスが人気だといっていた。都会に出た人が、故郷のお墓を有料で管理してもらうのだそう。人気のある会社では、依頼人の話を聞き、命日や故人の性格を把握し、それぞれに合ったサービスをしているのだという。几《き》帳面《ちょうめん》できれい好きだった故人のために、墓石を隅々まで磨き上げる様子が映されている。まじか。だったら私は、ずぼらで片付けが苦手だった故人に合わせてきとうに掃除しておきました。雑草も取りませんし、墓石を磨くなどもってのほかです！　などということになるのではないか。

一緒に観ていた次男が、「磨かないどころか、その辺から要らないもの持ってきて置いて帰られるんじゃね」という。それほどじゃないよ。要らないものは私だって要らない。要るから置いてるんだよ、と思うが、分が悪いので黙っている。

## 10月某日　シロクマ

ＬＩＮＥのアイコンにシロクマがいるなぁと思っていたのだが、よく見ると、ワンさぶ子だった！　ほかにもっといい写真がいっぱいあるのに、どうしてよりによってその獰猛《どうもう》な顔をした一枚をアイコンにしているのか長男よ。

## 10月某日　体験

　毎週のように、封印したり、解禁したり、よくやるなぁと思っていたゲーム王が、ついにほんとうに卒業するらしい。ゲーム機を丁寧に梱包して、東京の兄に送ってしまうという（いや、送られた兄が次のゲーム王と化すのでは）。

　どうして本気でやめようと思ったのか聞いたら、なんと、何十万人もいるユーザーの中で、戦績が十一位になったのだそうだ。

「すごいね」

「うん。すごい。けど、ふーん、って思った。感慨ってないもんだな、って。それで、やめようと思った」

　あ、それはとってもいい体験だ。アイドルの追っかけをやってた人が、ある日、推しにファンサをもらって、そのときにああもう卒業しようと決めた、という話を思い出した。すごくうれしいはずなのに、これ以上のしあわせはもうないのだと悟って、ふと空虚になってしまう。ゲームで勝つのも、そういうことなのかもしれない。

### 10月某日　登山

長男ヒロト（仮名）は、東京で、私の高校時代の同級生に登山などに連れて行ってもらっているもよう。「案外社交的だし、礼儀正しいから、みんなにかわいがられてるよ」と同級生からLINEで報告あり。ぜんぜん社交的じゃないし、特に礼儀正しいところも見たことがなかったから、きっとがんばったんだろう。母はうれしい。登山で知り合ったアーティストのライブに行ったりもしているらしい。三十数年前の同級生に息子の世界を広げてもらったりする、思いがけない未来を生きている。

### 10月某日　散髪

髪を切ってきたら、次男に笑顔で「きのうまでのほうがよかった！」といわれた。「だいじょうぶ、すぐ伸びるよ！」

肩をたたいてなぐさめてくれるやさしい息子よ、母はこの短い髪を気に入っているのだ。

### 10月某日　今月の、この親にして

朝ごはんを食べながら、夫が「うーん、ちょっと切りすぎたかな」といっているので、「何を？」と聞いたら、「君の髪」。何をいうか、このかわいい髪が切りすぎだとぉ!?

## ワンさぶ子のおやつタイム

ところで、おかーさんはアラブに行くそうです。海外になんて行ったことがないから、何を準備していいかわからないといいながら、いそいそと荷造りをしています。テヘランの作家と対談をするんだそうです。砂漠でラクダに乗って楽だ〜っていうんだそうです。

アラブなんて暑いに決まってるから、わたしはおうちでお留守番です。片道十二時間も飛行機に乗るなんて、ほんと、お散歩もボール投げもできずにずっとすわっているなんて、信じられません！

おかーさんは真剣なまなざしでわたしを見て、いいました。

「また必ず帰ってくるからね」

なにいってんの、あたりまえじゃん。おにーちゃんも、きなこちゃんも、ぽかんとしていました。

「海外旅行保険に入ったからね、もしも、万一のことがあったら一億円入るから」

おかーさんがひそひそ声でいうと、おにーちゃんが即座に、

「一億円なんて端金《はしたがね》だよ」

といいました。どういう意味でいったのか、わたしにはよくわかりませんでしたが、おかーさんはすごくいい意味で受け取ったようで、涙ぐんでいるのがなんだかおかしかったです。ふふ、とにかく元気で行ってきてよね！

# 11月

## 息子が成人する日

### 11月某日　カフェオレこぼした

白柴だと名乗っていたワンさぶ子だけど、近頃とみに茶色部分が濃くなってきた気がする。以前は耳のはしっこと背中の一部分がうっすらとカフェオレ色だったくらいなのに、もうそれでは済まなくなってきた。毎朝「世界で一番かわいい白い犬はだあれ？」と聞いていたのが、ちょっと呵責《かしゃく》を感じるようになってきた。正確にいうなら、世界で一番かわいいまだらのカフェオレ犬は誰か、と聞くべきだ。

### 11月某日　遠出

アラブへ出発する日、ワンさぶ子は窓辺にすわって、悟ったような目でこちらを見ていた。いつもより長くどこかへ出かけることがわかっているみたいだった。

福井駅まで両親が車で送ってくれた。駅前のロータリーに停めてもらって車を降りると、母も助手席から降りてきた。どうしたのかと思ったら、「いってらっしゃい」と手を振っている。見送ってくれているのだった。そうか、これから遠くの国へ行くのか。まだ実感が湧かない。現地の気温三十三度と聞いても、初冬の福井ではピンとこない。

## 11月某日　空港までで元を取る

エミレーツ航空のビジネスクラス。座席は広いし、フルフラットになるし、寝る前にはＣＡさんがベッドメイキングまでしてくれる。贅沢な飲みものや食べものが潤沢にあって、Ｗｉ‐Ｆｉも入るし、映画観放題、音楽聴き放題、もちろん本読み放題。ひとりでいるのがもったいないくらい。両親を連れてきてあげたかった。父ははしゃぐだろう。母はうれしくてもすましているだろう。今回、一緒に行きたがっていた夫とはいつか来られることもあるかもしれない。子供たちはビジネスクラスになんか乗せたらよくないだろう。ワンさぶ子は十二時間もおとなしくしていられないなあ。埒《らち》もないことを考える。普段、こんなに長くひとりでいられることはほとんどないので、すごく貴重な時間。いろんなことを考えたし、これだけでもアラブへ行くことにしてよかったと思っている（まだ機内）。

　ドバイ空港で、プラカードを持って立っているお迎えの方を見つける。そこには、MR. MIYASHITA NATSU、そして、MR. SHIBATA MOTOYUKI　とあった。二度見する。え、え、もしかして、柴田《しばた》元幸《もとゆき》さん……？　しばらくすると、まさかの憧れの柴田元幸さんが現れた。感激し、緊張しながら、『生半可な學者』からのファンです、と三十年前の著書を挙げてアピール。「MONKEY」も読んでいます！　と単なる一ファンと化す。ああ、アラブへ来てよかった（まだ空港）。

## 11月某日　ぴかぴか

アラブはどこもかしこもぴかぴかで、ものすごくきれいだ。世界一高いビル、洗練された街並み。生活感はほぼ皆無だ。快適すぎて気味が悪いくらい。そして、車で少し走ると、砂漠。まるで夢の中にいるよう。

私はシャールジャのブックフェアを見て、「自然と文学」についてイランの男性作家と対談をし、男子高校を訪れて生徒たちに創作について話をした。空港で出迎えのプラカードがMR.になっていた時点で察してはいた。私は男性作家だと認識されているらしかった。でも、まぁ、オーケー。うちにも男子高校生がいるから、このくらいの年代の男の子たちがまじめでちょっとアホでかわいくていとしい生きものだということは知っている。話すうちに、あっという間に笑顔をたくさん見せてくれるようになった。近い将来の夢を聞くと、「ヨーロッパの大学に進学したい」。ドバイの大学は超お金持ちでないと厳しいのだそうだ。「大学を卒業したら、アラブに戻る？」と聞いたら「戻りたくない」。家庭の事情か、それとも政治的な理由などもあるのだろうか。おそるおそるなぜ戻りたくないのかと聞くと、「暑いから！」。

さて、あとは、自由。ふふふふ。教会や市場を覗いたり、超高級モールをひやかしたり、砂漠ツアーに出かけたり。日本から大好きな作家たちがたくさん来ていて、話をするだけで心が躍った。

**11月某日　帰国**

家族がまだ誰も帰ってきてない時間に帰宅。そうしたら、白とカフェオレ色の混じったかわいい生きものが「わあ!!」と駆け寄ってきて、「わあい！　わあい！」といつまでも飛びついてくる。見ると、しっぽがぷんぷん揺れている。振れるんだ。ほんとはこんなにしっぽ振れるんだね、ありがとうワンさぶ子。ただいま。

**11月某日　ドバイ価格**

アラブのお土産のラクダのミルクのチョコレート。おいしいね、といいあいながら食べた後、値段を聞いて、

「……やっぱり、牛でいいかも」

「特にラクダのミルクである必要は感じないかも」

などと誰からともなくいいだす宮下家。

**11月某日　ふしぎなアロマ**

旅行に出る前、実は長時間の移動が不安だといったら、友人がアロマオイルを調合してくれた。懐かしくて気持ちが安らぐはず、とのこと。思いのほか移動は順調で、その出番はほとん

どなかったのだけど。今になってボトルを開けてみたら、ふわっと懐かしさが漂って、自然に涙が出た。胸のどこかを掘り起こすような匂い。どうして彼女はこれをつくることができたんだろう。どうしてこれが私の懐かしい匂いだとわかったんだろう。

**11月某日　未**

「ママに三千円貸してるみたい」

むすめがいう。

「借りてたっけ？」

うん、といって見せてくれたむすめの手帳に、たしかに書かれていた。

「新聞代三千円。未解決」

**11月某日　雪**

起きてきた次男が、テレビに今年二月の大雪の映像が映っているのを見て、「あ、雪積もったんだ～」といったので黙っていたら、今、防寒具を着込んでいる。晴れてるよ、今日。初雪もまだだよ。寝ぼけてるのかな。いつ気がつくのか楽しみだ。

**11月某日　BTS東京公演**

炎上騒動の直後だったので、ハラハラしながら行ったコンサート。私たちファンはメンバーを励まそうと意気込んでいたけれど、励まされたのはファンのほうだった。彼らがどれだけ真摯に自分たちを磨いてきたかがわかる。歌からもダンスからもMCからも誠実さと情熱が伝わってきて、楽しいのに、何度も泣かされた。これは間違いなく伝説のコンサートになるだろう。

### 11月某日　東京にて

思いついて、長男ヒロト（仮名）に連絡。福井へ帰る前に一緒にお昼ごはんを食べることになった。福井の高校生だった頃、やりたいこと、やるべきことを突き詰める修行僧になりたい、などといっていたことがあったが、今はもうそれを目指さないのだという話を、包み焼きハンバーグを食べながら聞かせてくれる。人と交わって生きていくのに修行僧だなんて傲慢《ごうまん》だったと思う、カオスの中で生きてこそだ、などと穏やかに話していた。どんな毎日を送っているのかよくわからないままだけれど、いろんなことを自分で考えて自分で決めているのはわかる。

まあ、よし。

「ところで、髪、ハネてるよ」

母の髪ハネを指摘して、にこやかに手を振って大学へ戻っていった。立ち止まって見ていたら、改札に入る前に一度ふりかえって、こちらへ小さく手を挙げた。

### 11月某日　ブックオブザイヤー

エッセイ集『とりあえずウミガメのスープを仕込もう。』が、ダ・ヴィンチ　BOOK OF

ＴＨＥ ＹＥＡＲ ２０１８の、エッセイ・ノンフィクション部門で一位を獲得したとのこと。びっくりした。『とりあえずウミガメのスープを仕込もう。』は、日々の暮らしと食べもののことを書いた、わりと地味なエッセイ集なのだ。あれを一位に選んでもらえるなんて光栄だ。ちなみに、ダ・ヴィンチ ＢＯＯＫ ＯＦ ＴＨＥ ＹＥＡＲ ２０１８文庫部門の一位は『羊と鋼の森』だったそう。え、なんかすごくない？

### 11月某日　BTS大阪公演

東京公演最高だと思ったけど、大阪公演も最高だった。とてもとてもよいものを観られてしあわせだった。寿命が延びた。長くなったんじゃなくて太くなった感じ。よいものを観ると、自分もよくなりたいと心から思う。観たもののようになりたいということではなく、自分をまっとうしたいという強い思いで奮い立つ。

### 11月某日　成人

長男ヒロト（仮名）の二十回目の誕生日。ちょうど学祭の最終日と重なるらしい。サークルで屋台を出したらしく、それならきっとみんなで打ち上げに行っているかも、と思ってちょっとホッとする。誕生日の夜にひとりでいるのを想像すると、帰っておいで、といいたくなってしまう。そんなことを心配されていると知ったら、当の息子は憤慨するだろうなぁ。放っておいてくれと思うだろうなぁ。ふははは。そもそもひとりかどうかも知らないのだった。息子成人の夜に夫婦で乾杯しようと思ったのだけれど、特別な感慨はなくて、なんだかちょっと驚いた。もっと感激するかと思っていた。幼い頃の彼の姿がフラッシュバックしちゃったりするかと思ったのだ。そういうのはぜんぜんなくて、ひそかに用意しておいた彼が生まれた年のワインの栓を抜くこともなく、夜は淡々としみじみと更けていったのだった。

## 11月某日　二十歳の写真

写真家の友達に、ヒロト（仮名）成人記念の写真を撮ってもらうことにする。先月はポール・マッカートニーを、今月はテイラー・スウィフトを撮っていた友達だ。豪勢だね！　快く引き受けてくれたばかりか、はりきって写真のイメージを送ってきてくれる。え、まって、誰これ……。

「その人は、今アメリカで一番人気のあるラッパー。かっこよくてかわいいの。こういうイメージが理想。ヒロトくん（仮名）にも送っておくね」

「……う、うん」

とりあえず、日本人で、大学生で、ラップはたぶんやったことがなくて、そんなおしゃれじゃなくて、ポーズをとることもできなくて、と考えているうちに、いや私が頭から否定することもないんじゃないか、これはおもしろい写真になるかも、などと思えてきてククッと忍び笑いを漏らす母であった。

## ワンさぶ子のおやつタイム

木枯らしが吹いて落ち葉が舞うと、思わず目を奪われ、追いかけてしまいます。カサカサッと音を立てて、糸の切れた凧《たこ》のように地面を転がっていく葉っぱに夢中です。おかーさんが笑って、

「ワンさぶ子、それはただの葉っぱだよ」

というので、わたしはちょっとムッとします。ふ、ふん、知ってるもん。葉っぱだって知ってて追いかけてるんだもん。でも、ほんとのところはよくわかりません。葉っぱじゃない何かであってほしいのか、ただの葉っぱを追いかけたいのか。そういうことを考える前に、身体が反応して、ビュッと追いかけてるんです！　おかーさんだってほんとは追いかけたいんだと思うなぁ。おかーさんもビュッと動けるくらい敏捷《びんしょう》に生まれてくれればよかったのにね。そしたら、カサッ、ビュッ！　カサカサッ、ビュビュッ！　ふたりでずっと追いかけられて楽しいのにね。

# 12月

## 受け継がれるもの

**12月某日　メダカ近況**

この冬初めて、水槽のヒーターをつける。すると、あっという間にヒーターのまわりに集まるメダカたち。かわいいね。あったかいのわかるんだね。元気そうに泳いでたけど、ほんとは水が冷たかったんだね。ごめん。

**12月某日　泣きながら**

むすめの三者面談。中学校の廊下で待つ間に、届いたメールをうっかり開けてしまった。友人がずっと一緒に暮らしてきた猫が亡くなっていた。涙を流しながら面談の教室へ入ってきた私を見て、先生はさぞびっくりしたことだろう。

### 12月某日　ロゴマーク

「授業中まじめに聞いてるつもりなんだけど、なんにも覚えてないんだよねえ」

むすめがしみじみという。

「でもまぁ、今日はロゴマークつくれたから、いいとするか」

「えっ、ロゴマークって？　図工の授業中？」

「ううん、理科」

いや、それは何も頭に入ってなくて当然だろう。っていうか、それをまじめに聞いてるとはいわないだろう。っていうか、何のロゴマークよ。

### 12月某日　カエル発見

岐阜、サラマンカホールにて、「『羊と鋼の森』を歩く」コンサート最終公演。回を重ねるごとに出演者たちの息も合って、でも何度聴いても金子三勇士さんのピアノはそのたびに新鮮で胸を震わせてくれて。ああ、しあわせな体験だった。またどこかでみなさんと会えますように。見つけたら幸運が訪れるというホールのレリーフのカエルもちゃんと見つけて、再会を願う。

### 12月某日　しかたがない

先月のＢＴＳコンサートで魂を抜かれてしまったむすめ。直後に実力テストがあったけれど、しかたがない。一回のテストより、魂を抜かれて何もできなくなる体験のほうが大事だよ、などと思っていたのは甘かった。どこまで魂を抜かれたらこんな点数が取れるのかと二度見、三度見する点数だった。それでも、それでも、あのコンサートを観ない選択はなかった、と思う。コンサートというのは、音楽であり、ドラマであり、物語である。観客も含めてその場で完成する一度きりの作品なのだ。心に深く刻まれて、きっとむすめも私も一生覚えているに違いない。

## 12月某日　一時間

なにげなく次男の三者面談の紙を見ていたら、みなさんそれぞれ十二分〜十五分ずつの割り当て時間なのに、宮下くんだけ一時間あって震えた。

## 12月某日　読書会

福井にて、翻訳家の越前敏弥《えちぜんとしや》さんを招いて翻訳ミステリ読書会。二十五人で『解錠師《かいじょうし》』を読む。多様な感想が出て、想像もしなかったような読み方をする人もいて、びっくりする。普段本を読まない人たちではなく、本が好きで、読書会のためにわざわざ全国各地から集まってくるような猛者《もさ》ばかりなのに、それでもなおこれだけさまざまな感想や意見が出ることがおもしろくもありショックでもあり。人は読みたいようにしか読まないのだな。つまりは、読者の意見や感想にいちいちびくびくしていたら何も書けないということだ。

その後、会場を変え、越前さんとふたりでトークイベント。おもしろい話がたくさん聞けた。

中でも、越前さんが翻訳する際のたったひとつのルールは、作者が日本語が使えたらどう書いたかと考えることだ、とお聞きできたのがとてもよかった。私も、小説を書くとき、登場人物の「声」を聴くのが好きだ。

### 12月某日　なにそれ

私の焼いたパンケーキを見た次男が、「納豆ある？」というので、不思議に思いながらも「あるよ」と答えると、「ごはんある？」というので「あるよ」というと、「納豆ごはん食べる」といった。

### 12月某日　早口

この頃の次男はよく勉強している。今日も何時間もリビングのパソコンで化学の講義を観ては、何事かシャカシャカと計算式を書いている。私にはさっぱりわからない。わかることといえば、講義をしてくれている先生がすごく早口だということくらいだ。

「この先生、せっかちだね」

「いや、これ二倍速だから」

二倍速にしないと（しても）間に合わないらしい。がんばれ。

### 12月某日　スルー

ワンさぶ子は次男をなめているので、次男が何かいっても絶対に聞こえないふりをする。無視をするだけでなく、ときにはしげしげと次男の顔を見上げて「はあ、このひと何いってんの？」という顔をするのがおかしい。今日は、次男が「どいて」といってもどかずにドアの前で寝ていた。しかたなく次男がワンさぶ子の頭上を跨《また》ぐと、ワンさぶ子のカフェオレ色の両耳がピンと立っていた。緊張するくらいなら初めからどいてあげればいいのに、それでもまだ聞こえないふりをしているワンさぶ子。

### 12月某日　家庭教師参上

冬休みにはまだ早いうちに長男が帰ってきた。どうやら、何かやりたいことがあるらしい。子供にやりたいことがあるというのは、それがどんなに突拍子もないことであっても、やっぱりワクワクしてしまう。大学はだいじょうぶなのかなと思うものの、もう私が心配することでもない。とりあえず、この家で、やばい中三生の家庭教師として働いてくれたらいい。

### 12月某日　めんどくさい

クリスマスのイベントとしてそれぞれ今年読んだ本からベスト5を発表しようと夫がいって、げげっめんどくさ！　と思ったのだが、子供たちは顔を見合わせて「これウミガメ入れとかな機嫌損ねるやつや……」と確認しあっていたので、たぶん母もめんどくさい認定を受けているっぽい。

## 12月某日　靴下に

今朝、起きてきた次男が、サンタさんが音の出ないヘッドフォン持ってきてくれた、って静かにいってたけど、それイヤーマフだ。やっぱり音が出るほうがよかったのかな……。枕元にきちんと靴下を置いて寝たのは、この子だけだった。健気すぎる十八歳。やっぱり音が出るほうがよかった気がする。

## 12月某日　免許更新

クリスマスに運転免許の更新。なぜか福井市民は隣の市まで手続きに行かなくちゃならない。ツイッターに「遠い」って書いたら、「近くにあるはず」「最寄りの警察で手続きできるはず」などと複数の人から指摘され、ええっとなる。いや、福井ではそれができないから愚痴ってるんです！

受付で、書類と一緒に免許証も出すようにいわれ、出したらそれっきりだった。まさかの回収。あたりまえのことなのに忘れていてショックだった。大事に取っておこうと思っていたのだ。五年前、北海道の山の中で更新した、トムラウシの住所の入った貴重な免許証。新しい免許証には強烈な違和感。もうすぐ平成が終わることがわかっているこの期に及んで、免許の有効期限が平成三十六年になっていた。

## 12月某日　雪積もる

朝起きたら、雪。ワンさぶ子、大よろこびだ。うれしそうに雪の中へ飛び出していく。かくいうわたくしも、実は、うれしい。十か月前の豪雪は怖かったし、雪かきや車の運転など大変なこともたくさんあるけど、それでも本能的によろこんでしまうみたいだ。むすめも、玄関を開けて「わー！」と小さなよろこびの声を上げていた。ふっ、我々は仲間だな！

## ワンさぶ子のおやつタイム

東京から帰ってきている大学生のおにーちゃんは、外から戻ってくるといつもうれしそうにストーブの前の床に寝そべります。そしてそのままにこにこと機嫌よく寝そべり続けます。おかーさんがあきれて、「どうしていつもそうやってゴロゴロしているの？」と聞くと、おにーちゃんは寝そべったまま「性分だよ。大学に行ってても、友達と会ってても、家に帰って寝転がりたいなぁといつも思ってるよ」と得意げに答えていました。高校生のおにーちゃんはもう少し活動的なので、「そんなんでだいじょうぶ？」と心配そうにしています。でも、おかーさんが、「そういえば、私も小学生の頃から、今すぐ蒲団に入って寝たいなぁと隙あらば思ってた」といいだしました。小学三年生のときに、公民館で春祭りの盆踊りの練習をしていて、ふと、この輪の中に白い蒲団を敷いて、そこにひとりで入って、踊るみんなを見ていられたらこの上なくしあわせだなぁと気づいたのが始まりだったそうです。それから、何かあるたびに、ああ、ここに蒲団があったなら、そこにひとりでもぐりこめたなら、と妄想するようになったとのこと。まぁ、わたしも、昼間から丸まって寝ているので人のことはとやかくいえませんが、蒲団への希求がこんなふうに受け継がれていくのかと震撼させられたことをご報告いたします……。

# 1月
## 冬の動揺

### 1月某日　おめでとうございます

雪のないお正月。実家の両親と家族総出で近所の神社に初詣に行く。小さな神社に三々五々集まってくる人たちの平成三十一年が穏やかであたたかいものでありますように。波瀾万丈《はらんばんじょう》、急転直下の、変化に富んだ一年を願う人もいるかもしれないから勝手に願っては迷惑か。ともあれ、今年もワンさぶ子ともども、よろしくお願いいたします。

### 1月某日　プレゼント

誕生日に何がほしいかと聞かれて、カード、と答える。

「デュエル？」

そうボケられるのも毎度のことだ。そういえば、いまだにわが家では、カードは「この本、十パック分だ」などと、通貨の単位として使われている（デュエルモンスターズカードは一パック百五十円）。私がほしいのは、もちろんデュエルではない。バースデーカードだ。家族それぞれが書いてくれたカードは、今年一年を生きるのに必要なエネルギーになる。ワンさぶ子だけはまだ字が書けないから免除。早く書けるようになっておくれ。

### 1月某日　刺さった

カレーを食べていて、何か喉に刺さった、という長男。何が刺さったのか。

### 1月某日　大政奉還《たいせいほうかん》

ママって何年生まれだっけ、と無邪気に聞かれてむすめが読んでいる社会科の教科書を覗くと、惜しいけど、ちょっと時代が違う。大政奉還にはまだママは生まれていなかった。むすめは昨日の時点で「なんでも質問して！　ただし飛鳥《あすか》時代までね！」といっていたので、今日はずいぶんがんばって大政奉還までこぎつけたもよう。明日が県の実力判定テストってやつ。ははは。

### 1月某日　家庭教師の弁

「きなこ（仮名）はだいじょうぶだよ」

この冬休みの間、家でときどき妹の勉強を見てくれていた長男がいう。

「ほんと？」

うれしくなって聞き返す。第一志望の高校に入れそうだろうか。

「高校に受かるかどうかはわからないけど」

「は？」

「ちゃんと生きていけるイメージが浮かんだ」

あのー、高校に受かりたいんですけど。

**1月某日　取引成立**

ありがたくいただいたお下がりのスーツが長男より次男のほうに似合ってしまい、明日の成人式には次男が、来週のセンター試験には長男が行くことで話がまとまりつつあるようだ。

**1月某日　さすが**

古い友人が誘ってくれて、行かないつもりだった成人式に出席することにした長男。せっかく行ったのに、「ごめん、ぜんぜん思い出せない」っていわれた相手のことを息子もぜんぜん思い出せなかったらしく、よく見たら違う中学校のテーブルにいたらしい。気づかないものなのか。「道理で誰も思い出せなかったはずだ」と納得しているようだった。

**1月某日　動揺**

次男のセンター試験を控え、突然、緊張感がやってきて心臓が激しく鼓動している。なにこれ。どうしたんだ私。うちはふたり目だし、そもそも長男のときは余裕だった。子供の受験ごときで動揺してどうする、親は大きく構えているしかない、などと嘯《うそぶ》いていたはずではなかったか。どうやら、子供によって気持ちも変わるみたいだ。次男がすごくがんばってきたから（当社比）、つい、報われてほしいと願ってしまうらしい。いつも緊張しがちで、本番で実力を発揮しきれないことの多かった次男。あの子が笑顔で帰れるように、それだけを願う。でも、そんなことを願うのが気恥ずかしくて、自分が自分じゃないみたいだ。こういうとき、夫はどんと構えていてびくともしない。頼もしくもあるけれど、自分の気持ちがものすごくちっぽけに思えるという難点もある。ちょっと迷って、友人に正直に話したら、

「親にできるのは願うことくらいなんだから、願えばいいと思う」

そう返信が来て、少し心が和らいだ。後で神社にお参りに行ってくれたみたいで、お守りまで送ってくれた。これは次男のためじゃなくて、私のためだな、と思った。願うだけ願ったら、あとはもう、笑っていよう。

## 1月某日　いよいよ

センター試験の日が晴れたのって何年ぶりだろう。去年は記録に残る豪雪だったし、一昨年、長男のときも激しく雪が降りしきる中を受験しに行った。今年の青空は、もうそれだけで幸先がいい。

二年前は、車で迎えに行くときに、きなこ（仮名）も一緒に乗っていったのだけど、出がけ

に私に「どうだった？　って聞かないでおくからね！」と、完全に長男の不出来を前提として気遣っていたのがおかしかった。今年も迎えに行くのかと思ったら、「いい。緊張に耐えられない」って、今年もやっぱり不出来前提なのがおかしい。

**1月某日　残念**

すごーく久しぶりに新しいアイシャドウを買ってうれしくつけてみたら、ブラウン系が顔色を悪く見せたらしい。むすめに「ママ、具合が悪いの？」といわれ、次男には「冷えたんじゃない？」と心配された。高かったのに。もったいないので翌日も懲りずにつけていると、今度は夫が遠慮がちに、「なんか……目のまわりがおかしいような……」という。本格的にあきらめた。

**1月某日　選考会**

一筆啓上賞の最終選考会。選考委員になって三回目だ。選考委員は、シンガーソングライターの小室等さん、詩人の佐々《ささ》木《き》幹郎《みきろう》さん、協賛の住友《すみとも》グループから代表の方、そこに、今年から、俳人の夏井《なつい》いつきさんが加わった。この選考会は、選考委員同士がお互いの意見や感想を真剣に聞いて尊重する姿勢が気持ちいい。議論も充実し、選考を終えた後の食事会もすごく楽しかった。小室さんからも佐々木さんからも夏井さんからも濃くておもしろい話ばかり出てきて、全力で吸収したくて全身の毛穴を開く感じ。もっと生きたい、生きるのがんばりたい、って思えた。帰るのが残念だった（みんなは泊まる）。

えちぜん鉄道の最寄り駅に子供たちが迎えにきてくれていて、三人で歩いて帰る。家までの道を歩きながら、今日のことをずっと覚えているだろうなぁと思う。次男は春になったら家を出るから、こんなふうに駅で待っていてくれることもなくなる。勝手に感傷的になる自分に驚きつつ、兄妹に挟まれて歩いた。

### 1月某日　収録

福井テレビの特番で、俳優の津田寛治《つだかんじ》さんと対談。橋本左内《はしもとさない》の漢詩について話す。左内は安《あん》政《せい》の大獄《たいごく》で処刑された福井藩の志士だ。大変に頭の切れる、志の高い青年であったらしいが、短い生涯に漢詩を四百六十首も残していることはあまり知られていない。そのうちの一首について話し合っているときに、突然、津田さんの目に涙が浮かんだ。太公望《たいこうぼう》と文王《ぶんおう》についての詩だった。文王とは、誰なのか。津田さんにとっての文王、私の文王。津田さんの心が揺れているのが伝わってきて、思わずつられて泣きそうになり、テレビカメラがまわっているのに、ふたりして目頭を押さえる。にぎやかな仕事の現場であっても、会話の途中でカチッと心がつながる瞬間はかけがえがない。

## ワンさぶ子のおやつタイム

去年、この世界がまっしろで、ぜんぶつめたくて、走っても走っても潜ってしまってうまく進めなかったときのことを思い出します。ああ、あの冬は楽しかった。今思い出しても、うっとりします。毎日の雪かきで腰が痛いとか、普段なら五分で行けるところに一時間かかるとか、郵便も来ないとか、食べものがないとか、ガソリンも灯油もないとか、おかーさんは嘆いていましたが、わたしの散歩は腰まで雪に埋もれながら何十分もかけて歩いてくれたのを懐かしく思い出します。ああ、ああ、どうして今年は雪がないんでしょう！　来月の雪に超期待しています。わたしの誕生日のプレゼントには雪をちょうだいね！

# 2月
## 濃厚な日々

### 2月某日　雪

雪があるとワンさぶ子の散歩の弾み方が違う。ウサギだったのかと疑うくらい、うれしそうにぴょんぴょん跳ねていく。だけど、帰ってくるとさっさと毛布にくるまっている。やっぱり寒かったのだ。「起こすなよ」オーラを出して寝てて、おかーさんうらやましい。

### 2月某日　もうちょっと待って

ワンさぶ子の毛がものすごい勢いで抜けている。年に二回の換毛期がやってきたのだ。ワンさぶ子が動くと、もふもふもわもわの白い毛が綿菓子のように宙を舞う。しかし不思議だ。毎度のことながら、ちょっと時期がずれている。この時期に抜けたらまだ寒いだろう。そして、宮下家メンバーはもれなく、外で靴を脱ぐと、あっ！　となる。靴下にいっぱい白い毛がついていて、あわてて隠す。

## 2月某日　ドル

「豪ドルって何？」

むすめに聞かれたので、オーストラリアで使われているドルのことだと説明する。

「ああ、オーストリアで」

「ううん、オーストラリアで」

怪訝《けげん》そうな顔をしている。

「オーストリア……でしょう？」

ま、まさか、オーストリアとオーストラリアがあることを知らなかったとは！　っていうか、そこからか！

「そんで、そのオーストリ……ラリアのドル？　そんなのがあるの？」

それからしばらく考えて、

「じゃあ、日本の通貨は日ドル……？」

ワンさぶ子が、「エン（円）！」と吠えて正解を教えていた。

## 2月某日　なつい

近頃の中学生たちは「懐かしい」を「懐い」と略すらしい。ワンさぶ子の散歩に出たら、にぎやかに歩いてくる中学生たちに遭遇。彼女たちは楽しそうに、「なつっ！」「なっつっ！」と笑いあっていて、ドキッとして何度もそちらを見た。名前を呼ばれたのかと思った。それにしても、中学生たちの懐かしがるものって、いったいなんだろう。

## 2月某日　アツアツ

レストランで、アツアツグラタンというメニューをしばらく見ていた次男が、

「アツアツって、熱！　熱！　ってことか。まぎらわしいなあ、調理の技法かと思ったよ」

と文句をいっているが、誰もそんなことは思わないよ。

## 2月某日　しあわせって

起業する話などを読んでいると、だいたい途中でどうでもよくなってくる。そういうのは成功した人の話ばかりだから、億単位のお金が出てきて実感が湧かない。一億円をポンと出せる人は、十万円が素晴らしいお金に思える感覚はもう持っていないのだろう。大きなお金を扱うことと幸福度とは相関関係にないのではと思ったりもする。だって、大きなものばかり見ていると小さなものに気づきにくくなるからね。そんで、しあわせっていうのはたいてい小さなところにひそんでいるのだ。小説を書くときにも、同じようなことを思う。ストーリーは重要だけど、ほんとうに大事なのは小さなところ。たったひとりの人間の、胸の中の動きだとか、さっと心に吹く風だとか、光だとか、そういうもの。

## 2月某日　文明

歴史の問題集をやっていたむすめが目を輝かせて、教えてくれた。

「ママ、メソポタミア文明ってすごいんだよ！」

え、もうあと十日で入試本番なのにまだメソポタミアですか……それ文明の起こりなんですけど。

「紀元前三千五百年だって。世界最古の文明なのに一週間が七日とか、もうここから始めてるんだって。文字も使われてたし、貿易もあったし、あとね、六十進法とか、占星術とか、あーメソポタミア文明まじイケメン」

メソポタミアより、間に合うかってことより、イケメンという単語の使い方に心を奪われた。

## 2月某日　ゾンビが来たら

もうすぐ受験のために新幹線で上京する次男。なぜか、新幹線にゾンビが乗ってきたらどうするか、という話になった。

「どうせならすぐにやられたい」

私の正直な意見だ。だって、逃げたり戦ったりしたあげく結局やられるのってすごくやだ。そんなんだったら早いうちにやられて楽になりたい。

「最後までやられないっていう選択肢もあるんだよ」

次男が意外と前向きなことをいう。普段はわりと後ろ向きな人なのだ。まもなくの受験に向けて戦闘態勢に入ったのだろうか。

むすめは、ただただ「いやー！　いやー！」と叫んでいる。仮定の話だってば。いや、仮定ですらない。とりあえず日本の新幹線にゾンビが乗ってきた話は聞いたことがない。

「僕は、やられるなら最後がいい」

夫がいったので、理由を聞くと、

「悲しむ人がいなくなってからやられたい」

まさかの発言キタ。次男とむすめと思わず顔を見合わせた。悲しむ人……？　子供たちは下を向いて声を出さずに笑っている。こんなしあわせな夫に育てたのは、この私なのだ。

## 2月某日　ワールドツアー

ＢＴＳのスタジアムツアーが発表になった。韓国や日本、アジアだけじゃなく、アメリカやヨーロッパ各地まで全世界、何か月にもわたる日程を知る。あああ、行きたいけど、日本公演だって当たるかどうかわからない。ああああああ、行きたい！

友人に話したら、行こう、ということになった。え、行こうって？　行けるの？　とびっくりする。いいなあ、行きたいなあ、から、行ける、行こう、までの溝は深い。でも、ひょいと跳び越えた瞬間だった。今、跳び越えたね。ほんとに行けるんだね。五月の、パリか、ロンドンがいいな。

**2月某日　上京**

次男の国立二次試験。一日目の試験が終わったタイミングで、ホテルで合流。たぶんすごく疲れているだろうと思ったのに、そうでもないという。元気そうでよかった。試験、どうだったかな、と思うけれども聞けない。でも、シャワーを浴びながら鼻歌を歌っているのが聞こえてきた。もしかして、出来は悪くなかったのかな。

**2月某日　帰福**

今日の一科目め、理科の試験が始まった頃、私はまだホテルにいて、のんびり楽しく友達とＬＩＮＥをしていた。それからチェックアウトをして、文藝春秋《ぶんげいしゅんじゅう》まで歩いていき、『羊と鋼の森』英語版の出版にあわせてジャパンタイムズの取材を受け、楽しく仕事を終えてから、ふと時計を見たら、まだ理科の試験の終わっていない時間だった。どんだけ理科やってるん。午後からまたなっがい二科目めを受けるのかと思ったら、入試ってタフでハードだなと思う。くわばらくわばら。

　午後から友達と会っておすすめの場所へ連れて行ってもらう。その場所がけっこう苛酷だったこともあり、ようやく終わって東京駅で待ち合わせた息子の顔を見たら、すごくホッとした。なんて健やかな高校生の顔をしているんだろう。今受験を終えてきたばかりの、若干の悔いを残しつつ、ともかくやれるだけのことはやったのだ、という表情をしているのだった。この子が元気で生きていてくれたら、それだけでいい。さらに、これから楽しく生きることができたら、もう何もいらないと思う。詰襟の学生服に、高校通学用の黒いリュック。長男の受験のときは楽な私服に旅行鞄《かばん》だったから、こういうところも兄弟で見事に違う。しかし、東京駅で、帰りの新幹線の中で食べるお弁当を選んでいたら、彼は「何もいらない」といった。どうしたのかと顔を見ると、「もう一年、やらせてほしい」といったのだった。

## 2月某日　復活

受験を終えて家に帰ってきてからの二十時間で既に十五時間近くゲームしてるうちのゲーム王、すごくない？　いや、すごいだろう（反語）。

### ワンさぶ子のおやつタイム

五歳になりました。ほんとうは、お祝いに雪がほしかったんだけど、毛布をもらいました。毛布も大好きなので、まぁいいです。さっそくわたしの部屋に敷きました。この上に寝ると、もう動きたくなくなってしまうので危険です。あやしいひとが来たら、吠えて家族に知らせるのがわたしの役目なのですが、この毛布の上にいると、そんなことはどうでもよくなります。気持ちよすぎです。今あやしいひとが来たら困るなあ。あやしいカラスも、あやしい猫も、もうどうでもよく——あっ、猫だ！　猫！（毛布を蹴って飛び上がって）ワウワウワウワウワウワウワウ

# 3月

## 岐路

### 3月某日　ベッドメイキング

ワンさぶ子は誕生日にきなこ（仮名）にもらった毛布が大好き。陽の当たる窓辺に敷いてその上に仰向けに寝そべっていたり、段ボール製の部屋でくるまって寝ていたり。いつもきなこが毛布を掛けてあげているのかなと思っていたけれど、きなこが学校に行っている間にも毛布が移動している！　よく気をつけて見ていたら、ワンさぶ子が自分で毛布をくわえて好きな場所へ持っていっているのだった。部屋に毛布を運び込んで、前足で均《なら》して、居心地よくベッドメイキングしてからその上に丸まるところを私はたしかに見た。

### 3月某日　卒業式

国立の二次試験が終わったら、あっという間に卒業式だ。次男は高校で部活ばかりやっていた気がする。部活をやっている間はしょっちゅう部活の話をしていたけれど、それがなくなってからは、ずいぶん勉強をしていて、学校でどんな友達と何をしていたのか、ぜんぜん知らない。どんな思いで卒業するのか、うまく想像できない。

卒業式では、1組から順に並んだ卒業生たちが保護者席の前を通って前方の自席に着く保護者思いの仕様になっていた。知っている子が通るたびに、うっ、となる。こんなに立派になって……と胸が詰まるのだ。まるで田舎から上京したおばあちゃんみたいな気分だ。次男はとてもすっきりしていた。すっきりした顔で歩いていく姿を見ていたら、ほんとうに卒業がよろこばしいことのように思えてきて、うれしくなった。

### 3月某日　もうひとつの受験

末っ子も受験。兄たちふたりが通った高校へ、朝送っていって、夕方迎えに行く。小さい頃からよく知っている友達ふたりも一緒に乗せて、それぞれの家に送り届ける。それまで後部座席で静かににこにこしていたむすめが、ひとりになった瞬間、つぶやいた。「もう一回、今日をやりなおしたい」。それですべてわかってしまった。むすめはきっと合格しない。むすめがうまくいかなかったというときは、ほんとうにうまくいかなかったときだ。胸が詰まったけれど、しかたがないよ、と思う。うまくいかないこともあるよ。むすめは驚いたように私を見て、「うまくいかないことだらけだよ?」といった。

**3月某日　はちみつ**

新しいはちみつを二本買ってテーブルに置いておいたら、きなこ（仮名）がラベルを読んで首を傾げている。ソヨゴのはちみつ。ソヨゴってどんな花？　と聞くので、ほら、うちの中庭にある木だよ、小さい白い花が咲いて、赤い実がなる、と説明が終わらないうちに迷わずアカシアを選んでいた。

「ソヨゴのはちみつは偽物だよ」

「えっ」

「あんなに小さい花からこんなに蜜が取れるわけないからね」

**3月某日　ない**

日曜日、家族でお昼ごはんを食べているときに大学の合格発表の時間が来た。次男がおもむろに席を立ち、パソコンで大学のサイトを開いて、自分の受験番号を探している。食卓に残った家族は息をのんで次男の言葉を待っている。まもなく、「ない」と聞こえた。「ないんだわ」。誰も何もいわないので、「そっか」と私はいった。気の利いた言葉をちゃんと考えておけばよかったと悔やんだけれど、あとのまつりだ。

**3月某日　案ずるより**

不合格だったら、と考えていたときがいちばん怖かった。案ずるより産むが易《やす》しだ（ちょっと違うかも)。実際に不合格だとわかったら、べつにどうってことはなかった。来年またがんばればいいだけだ。——いや、がんばるのは私じゃない。本人はどうってことあったのかもしれない。でも、顔に出さないから、こちらもどうってことなかったことにして、いつも通りだ。

### 3月某日　卒業式2

きなこも卒業式。これで義務教育とはおさらばだ！　もうそれだけで晴れやかな気分。無事に末っ子も義務教育を終えたのだわははは！　意味もなく笑いたくなるのをグッとこらえる。義務教育は義務だから、たぶんどの親御さんも終えられるのだろうな。みんなもっと誇ってもいいと思う。やったよ、やり遂げたよ、もうこれで義務のひとつを済ませたよ。

### 3月某日　春休み

この春は、うちにいる子供がふたりとも卒業したので、春休みが長い長い。最初は、子供がのんびり朝から家にいるのを楽しい気分で見ているのだけれど、毎日、朝、昼、晩とごはんをつくって片付けてまたごはんをつくって、と繰り返すうちに、いい加減に学校へ行ってくれ！と心から願うようになる。その頃にちょうど四月が始まるってわけだ。うまくできている。

### 3月某日　引っ越しに向けて

来月から東京の予備校に通うことになったので、身のまわりの整理をしている次男。部屋を片付けた後は大量の洗濯をしている。そういえばこの子は高校時代ほんとうに毎日洗濯をしていた。部活の後、遅く帰ってきて体操服やユニフォームやタオル類を洗う。それを見越して末っ子が自分の洗濯物もぽいっと洗濯機に放り込んでおくと、黙ってそれも一緒に洗って干してくれるやさしい兄だった。しかしこう毎日何回も洗濯機を回していると、もしや趣味レベルで洗濯好きなんじゃない？　などと疑ってしまう。すまぬ。母が不甲斐《ふがい》ないばっかりに、なんでもしてくれる子に育ったのかもしれぬ。ボディソープの詰め替えをしてくれるのも、お風呂の排水口の詰まりを取ってくれるのも、トイレットペーパーを補充してくれるのも、みんなこの子だった。母は君に頭が上がらないよ。

### 3月某日　長男帰省

のんびり帰ってきた長男ヒロト（仮名）。暮れに帰ってきたときとまったく同じ恰好だったのが笑えた。この子が家にいてくれると、空気が和んで家族じゅうが笑顔になる。ワンさぶ子もヒロトにはしっぽをぷりぷりっと振る。しかし、ヒロトはなんにもしないのだ。なんにもしない子がいて家の中が明るくなっている。いいもんだ。

### 3月某日　「Mart」

二月のエッセイを読んで夫が楽しそうに笑っている。

「あははは、新幹線のゾンビの話、おもしろいねえ。だんなさんが最高。でもこれ、つくり話だよね？」

家族全員、あきれて顔を見合わせる。この人、自分の言動をきれいに忘れちゃうんだな。

### 3月某日　韓国へ

友人と、むすめと、三人で韓国旅行。すごく楽しみにしていたのに、飛行機の中でパニック障害の発作が出て、もうだめかと思う。冷や汗をかき、血圧が下がり、うまく呼吸することができず、涙が出てくる。薬を足しても治まらなくて、もうだめかと思う（再）。私はうきうきしすぎたらだめなのだ。反動でパニックへの引きがねを引いてしまうらしい。小一時間でようやく発作は過ぎ去り、虚脱感と疲労感とともに異国の地に降り立つ。パニックは苦しいし、怖い。でも、さあ、うきうきしすぎずに、おいしいものを食べて、見たかったものを見よう。

### 3月某日　聖地

詳しい人に案内してもらえることになり、ＢＴＳの初代の事務所を見に行く。半蔵門《はんぞうもん》駅あたりの道を一本裏手に入ったみたいな雰囲気の坂道を上ったところに小ぢんまりとしたビルが建っていた。ビルには全世界から訪れたファンたちのコメントがびっしり残されていて、どれだけの人が感激しながらこのビルを見上げたのかと思う。ほんの数年前、若かったメンバーたちが毎日ここへ通ったのだ、希望を胸に抱き、ときには失望し、疲労困憊《ひろうこんぱい》しながらもここを歩いたのだ、と思うと気持ちが熱くなる。春の風が吹いて、私たちの胸にも新しい風が吹いたみたいだった。よし、私たちもがんばっていこう。

## ワンさぶ子のおやつタイム

長い長い三月だった、とおかーさんが話しています。わたしには長いのか短いのかわかりませんが、どうやらおうちではいろんなことがあったようです。ふふん。そういうの、柴犬には関係ないもんね！　だってタンポポが咲いて、ウグイスが鳴いて、楽しい春だもんね！

　まんなかのおにーちゃんは引っ越しをするそうです。わたしのかわいい弟分です。たまに散歩に連れていってくれて、いっぱい走ってくれるのでわたしは大好きでした。おかーさんがおにーちゃんに「それはもう置いていきなさい」といっているのを見たら、ぼろっぼろのパジャマのズボンでした。おかーさんのお腹の中におにーちゃんがいたときに買った大きなサイズのパジャマ（にんぷよう）を、おにーちゃんはなぜかずっと愛用していて、それを東京にも持っていこうとしていたのでした。おかーさん、パジャマくらい買ってあげてよね。いくら物持ちがいいからって……あ、おにーちゃん、その筆箱、小学校一年生から使ってるやつ、もしかしてそれ予備校でも使うの？　ふーん。じゃあ、もうしかたないね。そのパジャマも持っていけばいいかもね。

# 4月

## 旅立ち

### 4月某日　一時間で

新しい元号をどれくらい知らずにいられるかひとりチャレンジ。社会性のない私の場合は、ネットさえ覗かなければ新元号を知らずに過ごせる。新聞も読まずテレビも観ずにワンさぶ子と散歩をして生きていこう。うふふ、急に楽しみになってきた。念のため、家族にも、知らせないでほしいと告げて準備万端。お昼ごはんをつくって子供たちと食べ終わったあたりでＬＩＮＥがピコッと鳴った。大好きな友人からだ。開くと、今、ネパール大使館にいるとのこと。「令和の始まりはネパールで迎えることになりそう」。ネパール……？　いや、それより令和……？　なんだそれ。もしかして、と思うが見なかったことにしたい。たった一時間で知ってしまったなんて思いたくない。

## 4月某日　ダイエット

狂犬病の予防注射のために動物病院へ。年に一度の注射にしか病院に用事のない親孝行なワンさぶ子だが、毎年ふんふんふんと鼻歌を歌うかのように上機嫌で車に乗って、病院の駐車場に着くとはりきって飛び降りて、少し歩いて病院の入り口まで来てからハッとなるらしく、「しまった！」という顔をして石のように固まってしっぽを下げ、病院に入るまいと足を踏ん張るのがおかしい。なぜ直前まで気づかない。今年は体重を量った獣医さんに「少し太りましたね」といわれた。「問題があるほどじゃないですが、去年より体重が増えています」。ワンさぶ子はそれをしっかり聞いていたらしい。病院から帰ってきて以来、ドッグフードを残すようになった。案外、気にしているようだ。

## 4月某日　カラー

きなこ（仮名）の入学式が終わったら髪を明るくしようと思っていると話したら、子供たちに「肌と同じ色にしなよ」といわれた。想像するとじわじわくる。顔と同じ色か。道行く人々がみんな二度見するだろう。

## 4月某日　課題図書

むすめの高校の入学前の宿題に読書感想文があって、課題図書の中の一冊が『太陽のパスタ、豆のスープ』だった。よろこんでいると、むすめもうれしそうに、

「ママ、読書感想文お願いしていい？」

えっ、自著の感想文を学校に提出するなんて、前代未聞だと思う（もちろん本人が書きました、念のため）。

### 4月某日　がんばれ

次男、東京へ。初めてひとりで上京するので、米原《まいばら》駅での乗り換えと、東京駅での乗り換えが若干不安なもよう。でも、だいじょうぶ、簡単だよ、と説明すると納得していたようだった。お昼過ぎの電車なので、お昼ごはんを早めに食べていたら、不意に「お腹が痛い」という。次男は滅多に体調を崩さない。めずらしいこともあるものだと思っていると、夫が、トムラウシへ行く日もそうだったね、といった。そうだ、そういえばそうだった。六年前の四月、一年間の予定で北海道・トムラウシへ向かう日、ずっと元気だったのに、家を出発する少し前にお腹が痛いと寝込んだのは次男だった。不安と緊張だろうか。無理して行かなくてもいいんだよ、といってあげたくなったが、東京行きは本人の希望だ。何もいわず、そっとしておいた。しばらくすると落ち着いたらしく、重い荷物を持って、笑顔で家を出ていった。福井駅の改札を通ってふりかえった顔を、私は忘れないだろう。

### 4月某日　高校入学式

桜の舞い散る中、むすめの高校の入学式。合唱部の生徒たちが今日の日を言祝《ことほ》ぐ歌を歌ってくれて、それがしみじみと胸に染み入った。声を張り上げず、やさしく話しかけるように歌われる歌。とてもいいものを聴かせてもらった。そして、入学式の会場で、きなこ（仮名）が幼稚園のときに仲よくしていた友達とそのおかあさんにばったり会う。うれしい。この高校に来たのもめぐりあわせだなあ。

### 4月某日　まずい

次男が上京して二日目、家族ＬＩＮＥで会話中に、軽い気持ちで、寮のごはんはおいしい？と聞いたら、しばらく経ってから「ふつうにまずい」とひとことだけ返ってきた。まずいのか、と笑いそうになって、それから急に泣きたくなって、おいしいごはんを食べさせてあげたい、と思ってしまう。べつに家でもいつもおいしいものを食べさせてたわけじゃないんだけどね！自分の料理を勝手に美化しすぎだよね！

### 4月某日　不安

ちょっとだけ情緒不安定。来月の旅行が急に心配になる。十二時間半も飛行機に乗るなんて無理では……と弱気になる。パニック障害がひどいときは、飛行機どころか電車もバスもタクシーもエレベーターさえも乗れなかったのだ。その感覚がよみがえってきて、嫌な汗をかく。毎年研究のためにロンドンに行くおかあさん友達（大学の英文学の教授）に話したら、「だいじょうぶ。飛行機に乗ったときから楽しいよ。仕事や家事からもスマホからも解放されて十二時間半好きなことができるんだから、もったいなくて眠れないくらい」と勇気づけてくれたおかげで、また前向きな気持ちになった。そういえば、昔、家族で北海道へ行くのに敦賀《つるが》から苫《とま》小牧《こまい》まで二十時間もフェリーに乗るなんて、と不安になっていたのを、「フェリーの中から楽しいんじゃない！」と笑い飛ばしてくれたのも、やっぱり旅慣れたおかあさん友達だった。楽しんでいるおかあさん友達に私はよく助けられている。

## 4月某日　油断とは

どこの高校でも行われるという新入生の課題テスト。

「最初は低いところにいてみんなを油断させるんだよね」

もっともらしい理屈をつけているきなこ（仮名）だが、本人はいたって本気である。周囲を油断させまくったまま高校生活三年間を終えそうな予感が今からある。

## 4月某日　乃木坂文庫

光文社文庫の乃木坂フェア。本来のカバーの上に、もう一枚、乃木坂メンバーのカバーがかかるという。『スコーレNo．4』もフェアに入れてもらっている。こういう試みで、普段は私の本など読まない若者が手に取ってくれたらうれしいな。でも、思い出したのはビックリマンチョコ。カバーだけ取って中身を捨てられたら悲しいわ。

## 4月某日　最終回

地元の福井新聞社「ｆｕ」で六年近くも続けてきた連載エッセイ「緑の庭の子どもたち」が今回で最終回。永くあたたかく読んでくださったみなさま、ありがとうございました。ああ、今、晴れ晴れとした気分。今月、久しぶりに締切りのない解放感を味わいました！

## 4月某日　一筆啓上賞顕彰式

一時間近く電車に乗って駅に着いたら誰もいない。日にちを間違えていたみたい。さっきまで乗ってきたえちぜん鉄道が終点で折り返してくるのを待って、また乗って帰る。ふふ。ふふふふ。むなしい。

## 4月某日　レシート

お財布の中から、近所のうどん屋さんのレシートが出てきてふと手が止まる。これは次男が上京する少し前に、家族で食べに行ったときのレシートだ。このカレーうどんとおにぎりの四百六十円が次男の食べたものだ。ただの、ふつうのうどん屋さんのレシートが、それだけで特別になって、もう捨てられない。

## 4月某日　回覧板

平成最後の昭和の日などと世間様は盛り上がっているのに、うちの夫はもう令和が始まったと思っているらしく、「令和最初の回覧板を回してくる」とはりきって出かけていった。

## 4月某日　頼り

突然DVDのデッキが壊れて電源が入らなくなって、中のディスクが取り出せない。今日レンタルショップに返さないといけないんだけど。元号が変わる恩赦で延滞料がなくなることを期待したい。きなこが、「いつ帰ってくるんだっけ？」という。長男は五月一日、次男なら三日だ。「三日じゃ遅いね……」。そうだ、うちでは困りごとが起きるといつも次男がなんとかしてくれてきたのだった。DVDデッキも、次男さえ帰ってくれれば直してくれると思われている。えっと、長男の立場は。そして、夫と私の立場は。

## ワンさぶ子のおやつタイム

四月はあっという間でした。まんなかのおにーちゃんが家を出ていって、きなこちゃんの制服が変わって、わたしは狂犬病の注射を打ちました。泣きませんでした。へへん。それだけで、もう、五月になってしまいそうな勢いです。一か月がこの調子なら、一年だってあっという間でしょう。でもわたしはそれで焦ったりあわてたりしません。だって、あっという間だということは自明の理なのです。あっ、むずかしい言葉を使っちゃいました。自明の理。へへん。よくおかーさんが、お昼までになんにもできなかったよワンさぶ子……とわたしの頭を撫でながら告白することがありますが、一年があっという間なのに、一日の四分の一がキャッという間だということがまだわからないという、そのほうがむしろわたしは不思議です。おかーさんはもしかするとちょっと頭が弱いのかもしれませんね。次の小説はまだですか？　といろんな人に聞かれることがつらいんだそうです。そんなの放っておいて、お庭を走ろうよ！　ほら、ボール投げてよ！　おやつもいっぱいちょうだいよ！　へへん！

# 5月
## 風薫る

### 5月某日　共感

緑が濃く鮮やかになって、散歩のよろこびもひとしお。近所の家の生け垣から、懐かしい緑の匂いがしている。ヒバだ。幼い頃、いとこの家に遊びに行くと、庭のまわりにぐるりとこの木が植えてあって、私たちはヒバに囲まれた芝生でいつまでも遊んだ。だから私は今でもこの木の匂いを嗅ぐと、あの楽しかった日々を思い出す。ワンさぶ子も懐かしそうに目を細めて、「思い出すねぇ」とうなずいている。昭和五十年代には生まれていなかったはずのワンさぶ子の共感能力が高くて感心する。

### 5月某日　連休で

長男と次男が帰ってきて、いっぺんに家がにぎやかに。いそいそと夕飯の支度をしたのはいいけれど、すぐにごはんが足りなくなって、「あれっ、もうおかわりないの？」といわれる。

四合じゃ足りないんだったっけ……？　うーん、五人で暮らしていた頃のことを、もうすっかり忘れちゃってるよ。

## 5月某日　ぼよーん

長男と次男、あっという間にふたり一緒に同じ電車で東京へ戻っていった。福井駅の改札を抜けていくふたりの後ろ姿を見送ったら、ぼよーんとさびしさがせりあがってきた。ぼよーん。ぼよーん。駐車場まで歩きながら、きなこ（仮名）が「何かおいしいごはん食べて帰ろうよ」と笑顔でいう。

この子がいてくれてほんとうによかったと思う。だけどまだ四時。これ何ごはん？

## 5月某日　反省

二年前に長男が家を出ていった後、不意にさびしさがやってくるときがあって、私はそれを特に隠してはいなかったのかもしれない。その年の母の日に、次男からもらったカードに、ヒロト（仮名）が出ていってさびしいかもしれないけれど、この生活もいいものだと思えるように自分ががんばるから、という旨のメッセージが書いてあって涙したものだ。さびしい様子を見せることで、残ったふたりの子供までさびしくさせてしまっていたのではないか。自分たちだけでは足りないのかと思わせてしまっていたのかもしれない。思いの至らない母だったと思う。次男も家を出た現在、ひとり残ったむすめはどう思っているのだろう。兄たちのことが大好きだったむすめがさびしくないはずはないだろうけど、新しい生活もきっと楽しいよ。これから家族の新しい形態で存分に楽しいことをしたいと思うのだ。

**5月某日　ささやかなしあわせ**

軽度の睡眠時無呼吸症候群と診断されてから、仰向けに寝なくなった。それが有効な対処法だと教えられたからだ。私は物心ついて以来ずっと仰向けに寝てきたので、最初はとても心配だった。気持ちよく眠りにつけないのではないか。ところが、試してみたら、一分で眠れる。いや、三十秒かもしれない。なんだかよくわからないけれど、たいてい何かを考えたり心配したりする暇もなく速攻で眠りに落ちるのだった。さあ、今夜は右を向いて寝ようかな、左を向いて寝ようかな、と考えるだけでしあわせだ。どっちを向こうかなとうれしい気持ちで蒲団に入り、そこからたぶん三十秒で眠っている。

**5月某日　ところが**

三十秒で眠れるというのは大人としておかしいらしい。健康な大人なら、十分くらいかかるのが普通なのだそうだ。ええっ、睡魔に十分も抗《あらが》える人がいるの？　と思うけれど、やはり睡眠が足りていないのではないか、とのこと。まぁ、睡眠が足りないくらいはね。しかたないよね。そのぶん恵まれてることもあるからね。ちゃんと健康だし、しあわせだ。

## 5月某日　どもならん

スーパーで、ばったりおかあさん友達と会う。お互いに、「久しぶり！」といいあったものの、三人いる子供の誰のときのおかあさん友達だったか、とっさに思い出せない。「ヒロトくん（仮名）、元気？」と聞かれて、そうか、長男のときの友達だったか、と思った瞬間、その子の名前と、顔と、それからその子が小学校一年生のときからのいろんな出来事が、ばーっとよみがえってきた。中学校卒業以来五年ほど会っていないことになる。「タロウくん（仮名）はどうしてる？」と聞くと、そのおかあさんの笑顔がこわばったように見えた。そうして、「どもならんのやって」と声を落とし、少し笑った。「ほんっとうにあの子は、どもならんの」。

どもならん、というのは、どうにもならない、というくらいの意味の福井弁だ。それを、笑いよりあきらめが多めに混じった声でいわれて、今、彼がどんな感じなのかを察する。二十歳にもなると、どもならんことって、あると思う。元気で、やんちゃで、幼かった彼の笑顔を思い出して、どもならんときをきっと無事に乗り越えてくれることを、おかあさん友達のためにも祈ろうと思った。

## 5月某日

今朝、きなこ（仮名）は登校したときに下駄箱のところで、とても上品な上級生から、「かわいいね、名前なんていうの？」と声をかけられたそう。「知ってる人？」と聞くと、「ううん、知らない人。でも、そういうの、挨拶みたいな感じで、わりとよくあるんだよ」という。「かわいいね」が挨拶のように交わされる世界があるなんて。漫画や小説でしか知らなかった文化。女子校ってすてきだと思った。

### 5月某日　イギリスへ

ああ、楽しい。しばらく前まで、ほんとうに行けるのか、行っていいのか、ちょっと気が引けるところもあった。でも、誰に対しての引け目だろう。家族に対して、だろうか。だったら、私の家族が、私が楽しんでくることに否定的な気持ちを持つはずがないな、と思った。私は家族を愛しているし、家族も私を愛しているだろう。それなら、この後ろめたさは私が勝手に感じているだけの無用のものなんじゃないかな。どうせ行くならもっと楽しい気持ちで行くほうが家族だってうれしいんじゃないかな。ワンさぶ子に聞いたら「そうだよ、あたりまえじゃん」といった。そっか、楽しめばいいんだ。素直に楽しめばいい。そう思ったら、なんだか心が軽くなった。

### 5月某日　本屋さんにて

青空のロンドン。とても気持ちのいい日。ピカデリーサーカス近くの本屋さん「Waterstones」を通りかかったら、友人が「あっ！」と小さく叫んだ。「ある！」。何があるのかと友人の指したところを見ると、表通りに面したショーウィンドーに『羊と鋼の森』の英語版、『THE FOREST OF WOOL AND STEEL』が並べられていた。こんなところで出会うなんて、信じられない気持ちだった。感激しつつ店内に入り、飾られた本を眺めている間に、友人が店員さんに『THE FOREST～』について聞いてくれている。すると、すぐに本のありかを教えてくれたばかりか、とても感じのいい笑顔で「この本の著者に会えてうれしい」といって、サイン本までつくらせてくれたのだった。まさか、ロンドンで。旅行って、思いもかけないことが起きる。

## 5月某日　ロンドンの贈りもの

楽しくて、楽しくて、しょうがない。なんなの、これ、神さまからの贈りもの？　友人とふたり、歩いているだけで楽しい。お茶を飲んでも楽しい。夜、ベッドに入ってからも、あとからあとから話したいことが湧いてきて、時差ぼけで強烈な睡魔に襲われ意識が朦朧《もうろう》としているのに、眠りたくなくて話し続ける。寝落ちしそうになって、ハッ、今、私ヘンなことといってなかった？　と笑ってまた話す。ロンドンの、小さなホテルの夜。心が開いて、そのまま直接ふれあっているみたいだった。時間の感覚も、場所の感覚も、いろんなことが取り払われて、今、私はとても自由だ。

## ワンさぶ子のおやつタイム

「ワンさぶ子、どうしたの」

きなこちゃんがわたしを心配していつまでも頭や身体を撫でてくれます。わたしはこのところ食欲がないのです。でも、どうかしたわけではなく、ただ食欲がなくて食べたくないだけです。そういうことはときどきあります。食べたくなったら食べるから放っておいてほしいのですが、なかなかきなこちゃんには伝わりません。柴犬のわたしがいうのもなんですが、人間ももっと自分の身体に正直に生きるほうがいいと思います。

「ワンさぶ子、いってくるね！」

　おかーさんは比較的自由な人のような気がします。もともと体調や感情にちょっとムラがあるらしくて、わたしとの散歩も長かったり短かったりします。ムラのある人にはある人なりの苦労なんてものもあるのかもしれませんが、こうして食欲のないわたしを置いて楽しげにイギリスへ行ってしまうおかーさんを見ていると、けけけっと思います。ぜったいおいしいイギリスのおみやげを買ってきてちょうだいよね！　さあて、おかーさんも出かけたことだし、きなこちゃんといっぱい遊ぼうっと。

# 6月

## どこにいてもいいとをかし

### 6月某日　よくばり

ロンドンは青い空。いつも曇っているイメージだったから、晴れてこんなに気持ちがいいなんて、私はよほど行いがいいのだと思う。一年で一番いい季節だそうで、あちこちにある公園には薔薇《ばら》が惜しげもなく咲き乱れている。薔薇の前に置かれたベンチにすわって話したり、ただぼーっとしたりしている人々がいる。いい街だなぁと思いながらうれしく歩く。

若い頃の旅は見るもの聞くものすべてを吸収できて、何から何まで鮮やかに胸に焼きつくものだけれど、歳を重ねてからの旅もいい。自分が体験してきた土台があるから、何を見てもそこから想像できるものがある。今回は仲のいい友人とゆっくり話したり、お茶を飲んだり、古い街並みを歩いたり、見たこともないようなおいしいものを食べに行ったり、美術館を観たり、老舗デパートをひやかしたり、世界一かっこいいアーティストのウェンブリースタジアム公演を観たり。あれっ、意外とよくばりな旅じゃない？

## 6月某日　不機嫌

ロンドンから帰ってきたときは、うれしそうな笑顔を見せてくれたワンさぶ子だったが（しっぽもパタッと一回大きく振っていた）、翌朝起きてみたらつれない顔をしている。明らかに機嫌が悪い。置いていかれたことを思い出したらしい。

## 6月某日　パスポート

一年前までパスポートを持っていなかったのが嘘みたいだ。この半年余りの間に、アラブ首長国連邦、韓国、イギリス、とすごく楽しい旅行をした。最初は特に目的もなくパスポートを取っただけなのに、そこから視界が変化した。おもしろいことが向こうからやってくる感じなのだ。もちろんパスポートじゃなくても、たとえば一冊の本を読むとか、誰かを好きになるとか、柴犬と話すとか、それまでとは違う何かをきっかけに、世界はちょっと見え方を変えるんじゃないか。パスポートは、単なる旅券に見えて、それだけのものじゃなかった。本も、出会いも、柴犬も、パスポートだ。その鍵をかちりと回すと、扉が開く。

私たちの人生は、日々、姿を変えていく。

## 6月某日　中庭のお楽しみ

午後から久しぶりに雨。窓を開けて、雨に濡れていく土と緑の匂いをかぐ。いそいそと中庭に椅子を出し、それまで部屋で読んでいた本の続きを読む。雨の匂いも、雨の音も大好きだ。

中庭というのは小さな小さな庭で、もうすぐ白い花をつけるソヨゴと紫陽花のほかは雑草も生い茂っている。まもなく蚊も出てくるだろうから、中庭の読書はこの時期だけのお楽しみだ。雨が降ると、うれしい。

### 6月某日　アジア文学賞

フランス語版『羊と鋼の森』が、パリのギメ東洋美術館のアジア文学賞を受賞したという知らせが入る。前年の受賞者はノーベル文学賞候補にもなっている韓国の大作家だった。今年はほんとに私でいいのかしら。私じゃなく、うちの小さな羊が海の向こうでもがんばってくれているのだと思うことにする。ワンさぶ子に、「羊ががんばってるらしいけど、柴犬もがんばってみる？」と聞くと、遠い目をしていた。「人間もがんばれよ」といわれるといやなので、その話題はもうそれっきりにしておいた。

### 6月某日　授業参観

むすめの高校の授業参観は、二日間、どの時間にどのクラスを観てもいいという自由な設定だった。とりあえず、数学の先生が人気俳優キム・スヒョンに似ているという噂を聞いていたので、数学から観ることにする。教室に入ると、かわいい女子高校生たちが次々に「こんにちは」と声をかけてくれてうれしい。でも、保護者は私ひとりだった。チーン。いたたまれない。授業内容にもぜんぜんついていけない（私が）。きなこ（仮名）が小声で「もう帰っちゃっていいよ（にこっ）」。もう帰っていいって、暑い中、汗をかきかき自転車漕いできたのにさー。授業終了後、廊下でスヒョン先生に挨拶をして、長男ヒロト（仮名）と同じ中学のバドミントン部の先輩であることが判明。ヒロトが中一のときに中三だった先輩だ。「覚えています」といってもらったけど、うそやろ、スヒョン先輩。あんなにいっぱい部員いたのに。しかし、息子の先輩がむすめの先生。よくある話なのかもしれないけれど、息子もあと二年で高校の先生にもなれる年齢なのかと妙に感慨深い。

### 6月某日　梅雨入り

いつまでも寒かったり、すごく暑くなったりしたわりに、おとなしく梅雨入り。ワンさぶ子が散歩を躊躇する季節だ。リードをつけた時点で、「あのぅ」という。玄関のドアを開けると、ゆっくりと私をふりかえり、「ですから、あのぅ、雨なんですけども」。雨だけど散歩は行くよ？　とドアから出た瞬間に観念して、ため息をひとつつく。それからのろのろと歩き出すのだが、いつのまにか雨を忘れてタッタッタッタッと足取りも軽く散歩しているのがかわいい。

### 6月某日　前提

友人がうちの長男をＥＸＯの○○に似てるといったので（とても名前を書けない）、いやいやいや、そんなことはぜんぜんないない、と否定して、帰宅してからＥＸＯの○○を検索してみる。超人気のあるグループだから、画像もたーくさん出てくるけれど、やっぱりぜんぜん似ていない。ページを閉じようとしたとき、下のほうにあった小さい写真に目がいった。あっ、この写真なら、わかるわ。どことなく面影がないわけでもない。それで、興味が湧いて、さらに画像を探し、ミュージックビデオなどを観はじめる。いくつも観ていくうちに、たしかに一瞬、似ていないこともないなと思う表情が出てくるのだ。その瞬間をキャプチャーしておいて、学校から帰ってきたむすめに「この表情、ちょっとヒロトと似てなくもなくない？」と聞くと、チラッと見て、「似てなくなくない。ぜんぜん似てない」とにべもない。なんとなく悔しくなって、ＥＸＯ全員の写真を見せ、「じゃあ、この中の誰に似てるかっていったら、やっぱりこの子でしょう」と○○を指すと、ものすごく冷静な声で「どうしてＥＸＯの中に似てる子がいるっていう前提なの。そこに無理がある」と返された。はぁ、たしかにその通りだ。前提などという言葉を使えるようになるとは、むすめも成長したものだ。

### 6月某日　上京

長男とふたりで辻井伸行さんのヴァン・クライバーン国際ピアノ・コンクール優勝十周年記念コンサートを聴きに行く。辻井さんが優勝したときの選曲で、一日目はラフマニノフ、二日目がショパン。これはショパンでしょう、と思ったけど長男はラフマニノフが聴きたかったらしい。結局、母の特権でショパンをば。演奏前に、スクリーンに優勝時の映像が流れてもらい泣きをしてしまう。冷静に考えると、もらい泣きをする立場じゃない。もらい泣きなんかしたらあつかましいだろう。でも、涙と共に洗われた心に、辻井さんのこの上なく美しいショパンが沁みた。辻井さんはピアノを弾いているとき、とても自由な感じがする。

## 6月某日　また今度

次男とも合流して晩ごはん。元気そうで安心する。どんどん食べて、たくさん話して、とても楽しい。この子たちは私の息子だけれど、それがとてもラッキーなことだと思う。この世にこんなふうに親しく話したり笑ったりできる相手がいるというだけでしあわせだ。帰り際に、次男が「寮に寄っていく？」といい、新幹線の終電の時間が迫っていた私は、また今度にするといってしまった。こういうときは、寄っていくべきだったのかもしれない。三人で寮まで歩き、ドアを開けて入っていく次男を見届けてから、急いで駅へ向かう。長男のことは何も心配していないのに、次男のことはまだちょっと気がかりだ。家を出てから二か月余り。ついこの間まで家でごはんを食べて家で眠っていたのだ。心配したっていいよね……。

## ワンさぶ子のおやつタイム

おかーさんはいつもわたしの頭を撫でながら、「ワンさぶ子の毛はきれいねえ」といいます。「おかーさんもワンさぶ子みたいな毛になりたいわ」。おかーさんはわたしじゃないからわたしみたいな毛にしても似合わないと思いますが、いちおう、「じゃあ、白くしてみたら？」とすすめておきました。ところどころカフェオレっぽくして、耳のあたりは茶色です。おかーさんはしばらく鏡を見て考えているようでしたが、「やめとく」といいました。「もうすぐトークイベントがあるから、それが終わってからにする」。賢明です。でも、次の日、おかーさんは美容院へ行って、髪をいきなりオリーブに染めてきました。「ワンさぶ子、似合う？」と何度も聞くので、ちょっと困りました。おとーさんも、きなこちゃんも、オリーブに染めたなんて気づかないみたいです。「せっかく染めたのに！」とおかーさんは残念がっていましたが、微妙な色にして残念がるくらいなら、白にしちゃえばよかった。

　それはそれとして、トークイベントはうまくいったみたいです。たくさんの人が楽しそうに話を聞いてくれて、いつも人前に出ると寿命が縮むといっているおかーさんも、今回は三分くらい延びたような気がするといっていました。おかーさんの寿命を延ばしてくださったひとびと、ありがとうございました！

# 7月

## 具沢山の夏

### 7月某日　不意打ち

あなたが噂の世界でいちばんかわいい柴犬ですか！　そうですか！　そうですね！　とワンさぶ子の頭を撫でたり手を取って踊ったりしているところに宅配便のお兄さんが来て超恥ずかしい。ぜんぜん気づかなかったよ……。

### 7月某日　吠える

ワンさぶ子は普段はほとんど鳴いたり吠えたりしない子だけど、特定の人に対しては吠える。基準はまちまちで、なぜこの人に？　という人もいたりするから、よくわからない。きなこ（仮名）の幼なじみの女の子だったり、毎月来る集金のおばあさんだったり。お向かいの家の、うちの次男と同じ歳の男の子にもなぜか吠える。野球部だった彼はよく家の前に出て素振りをしていた。その間じゅう、ワンさぶ子は玄関のガラス窓からわざわざ彼を覗いて低く唸り続けていた。大学生になった彼はもう素振りはしない。ときどきワンさぶ子が夜遅くに吠えたりしていると、ああ、彼が今帰ってきたのだな、と思う。地元の大学に通う男の子ってこんな時間に帰ってくるのかと彼の新しい生活に思いを馳《は》せたりするのだ。

### 7月某日　大阪公演

ヤンマースタジアム長居《ながい》でＢＴＳ公演。むすめと、友達親子と四人。まさかのアリーナ一番後ろのブロックだったけど、そして強い陽射しがいつまでも当たってつらかったけど、そんなことはどうでもよくなるくらい楽しいライブ。当選できただけでも幸運だった。でもアリーナ最後列に当たるくらいならスタンドのほうがよかったよね。いや、でも、当選できただけでもね。うん。ただ、人が多すぎて気苦労も多かった。のびのびとコンサートだけに集中できる環境は、強い意志で自らつくっていかなければならないのだと肝に銘じる。

### 7月某日　具沢山

夕食のおかずがいつもより豪華だったらしい。むすめが、「わあ、具沢山だね！」とうれしそうに手をたたいてよろこんでいる。具沢山は違うだろうと思うが、渾身のボケかもしれない。なにより、せっかくよろこんでいるのに水を差したくなくてその場では訂正しなかった。でも、訂正しておかないと、いつか彼女自身が恥をかくことになってはかわいそうだ。でもでも、後になってからあのときの具沢山という言葉は間違っていたなどと指摘するのも不自然な気がする。いつかまた間違えたときにいうべきか。そのいつかはいつ来るのか。悶々《もんもん》とする母である。

### 7月某日　静岡公演

この歳になって集中力というものが育ちつつあると感じる。コンサートとあれば何時間かかっても会場に赴き、到着した時点ですでに疲労していようとも、途中で雨が降ってこようとも、前の列のファンが大騒ぎをして視界が遮られようとも、とにかくステージに全神経を集中させることができるようになった。前週の大阪公演の反省も活《い》かされている。若い頃はこうではなかった。まわりについ気を取られて大事なものに集中できないことが何度もあった。今、すべてを切り離して目の前のものを全力で楽しむことができるのは、そうしようという強い意志のおかげだ。楽しむには意志が必要だと歳をとればとるほどわかるようになる。裏を返せば、若いときなら何でも楽しめるってことかもしれない。歳をとったら選択と集中なのだ。それと体力。

### 7月某日　お尻を洗う機械

期末試験の返却の際、「面白い答案がありました」と英語の先生がおっしゃったそう。「普段はそんなことはしないのですが、採点しながら思わず笑ってしまいました」と。「私は財布をなくしたことに気づいた」という英作文がなぜか「私はお尻を洗う機械をなくしたことに気づいた」と書かれていたのだそう。むすめも一緒になって笑っていたらしいが、手元に返ってきた答案用紙を見たら wallet が washlet になっていたそうだ。おまえか。

**7月某日　宣言**

期末試験の結果が出揃ったらしい。生まれ変わりたい、と嘆いているむすめ。がっくりきているようだったが、しばらくすると、力強く「生まれ変わるよ！」と宣言した。よし、その意気だ。しかし、「二学期からはもうぜったい生まれ変わる！」というので、ああ、当分生まれ変わらないなーと思う。ほんとうに生まれ変わりたい人は今日から、今から生まれ変わろうとするだろう。案の定、宣言してすっきりしたらしく、気持ちよさそうにソファに寝ころがってしあわせな顔でうたた寝を始めた。

**7月某日　夏休み**

ようやく小中学校は夏休みに入った。ワンさぶ子の朝の散歩に行っても、子供たちを見かけない。たいていは集団登校していたり、そこから遅れて小走りにちょこちょこついていったりしている子供たちを見ながら、私とワンさぶ子は歩くのだ。みんな、よかったね。あの子も、あの子も、家でのんびりできているといいなあと思う。

**7月某日　新潟へ**

新潟には、昔、家族が三人だった頃に住んでいたことがある。実は私たち夫婦はこの地で結婚式も挙げたのだ。思い出もあちらこちらに散らばっている。今回、新潟に行ったのは、ＳＥＫＡＩ　ＮＯ　ＯＷＡＲＩのライブを観るためだ。北海道で暮らしていたときに、ほとんど情報の入ってこない小さな集落に、ＳＥＫＡＩ　ＮＯ　ＯＷＡＲＩだけはちゃんといた。小学生と中学生だった子供たちと一緒によく聴いていた。だから、家族で観たかったのだ。残念ながら次男はどうしても都合がつかなくて来られなかったけれど、親しい編集者と五人で観に行った。すごくいいライブだった。音もリズムも声もメロディーも光も言葉も渦になって何度も何度も刺しにくるみたいだった。問答無用で胸を揺さぶられて涙が出た。

当時、「眠り姫」という歌は、幼かった息子が母親である私と死別するときの歌だと解釈していた。七年も前の歌だからまさかやってくれるとは思っていなくて、三曲目でイントロが始まったとき、びっくりした。死んでいく自分の気持ちが唐突によみがえって、すっかり大きくなって親元を離れていった息子の隣で、涙をこらえながら聴いたのだった。

「銀河街の悪夢」はちょっと立っていられなくなるくらいの衝撃があった。これまでにも数えきれないくらい聴いているはずなのに。Ｆｕｋａｓｅさんの声が緑色の光沢を持って伸びてきて体を締めつけるみたいだった。明らかに、歌が生きていて、息をしているのが伝わってきた。

同じ公演の別の回を観た作家の島本《しまもと》理生《りお》さんが「壮大な物語を書きたくなった」といっておられたのが印象に残っていたのだけど、私は逆にすごくささやかな、ひとりの人間の中に生まれる海、波、それを照らす月みたいなものを書きたくなった。新潟の、パワフルな夜だった。

## ワンさぶ子のおやつタイム

今朝、おかーさんが「今日は朝から暑いね」といったら、おとーさんが一拍置いてうなずいていました。そして、おもむろに「いいねえ、買いに行こうか」と応えました。今度はおかーさんが一拍遅れてうなずいていました。こういうことはときどきあります。ふたりの間の意思の疎通はどうなっているのかと思います。

　種明かしをすると、「今日は朝から暑いね」といったのが、おとーさんには「今日は朝から肉がいいね」と聞こえたそうです。肉がいい↓肉が食べたい、と脳内で変換して、「いいねえ、買いに行こうか」という返答になったようです。朝からか？　おかーさんはおかーさんで、「朝から暑いね」といったのに「いいねえ」といわれたので、そうだったこの人は八月生まれの海の男だったと勝手に納得し、「買いに行こうか」の部分はスルーしてしまったとのこと。ああ、こうやって夫婦の会話ってずれていくものなのかもしれませんね。しいていうなら、ふたりとも返答までに一拍遅れていて、その短い間に躊躇があったということだけは申し添えておきましょう。だんだん耳も遠くなっていくことだし、お互いに補いあって、わたしへの愛とケアさえ忘れずにいてくれたらこれでいいのだと思うことにします。

# 8月

## 短い夏休み

### 8月某日　用心棒

このところ、ワンさぶ子が朝方に鳴く。
怪しい人が来たのかと不安になるし、ご近所に迷惑だし、渋々起きていくと、堂々と胸を張って「おかーさん！　今、そこに誰か来てた！」と報告してくれる。しかし、誰もいない。さすがに一晩に三度起こされたときには無言の圧力を感じたのか、耳を下げて申し訳なさそうに
「おかーさん……　誰か来てました……　ほんとだよ……」と上目遣いで私を見上げてきた。

### 8月某日　うだる

うだるような暑さ、ってよく聞くけど、単なる慣用句として聞き流していて、意味を考えたことはなかった。もしかして、うだるって茹《う》だるだったのか。たしかに茹だるわ。と思いながら、うだるようなと最初に形容した時代にはまだこんな茹だるような暑さではなかったのでは

と疑念を抱く。ほんとうの茹だるような暑さというのは現代のこの夏の暑さのことをいうんだよね。

**8月某日　スマホケース**

かっこいいスマホケースを買った。でも、スマホケースが汚れるのが嫌で、外出するときはケースを外して中身だけ裸で持っていくという事態が起きている。本末転倒の素晴らしい見本である。

**8月某日　気遣い**

むすめの夏休みの宿題の読書感想文の課題図書に『静かな雨』が入っているのを見つけてしまった。こ、これは、昨年も入っていたのだろうか？　もしやむすめが在学していることがばれて、気を遣われてしまったんじゃないだろうか。

**8月某日　大事に**

ワンさぶ子がときどき自分の手や足を愛おしそうに丁寧になめているのを見ると、こんなふうに自分の身体を大事に扱ってもいいんだなぁと教えられるような気持ちになる。でも、しばらく見ていると、それに気づいたワンさぶ子と目が合ってしまったりするので、ちらちらと盗み見するだけだ。目が合ったら、「べつに？　なめたいからなめてみただけですけど？」という顔をするのだ。ふふ。

**8月某日　終わりよければ**

夏休みだしホラー映画を観ようと友達に誘われたむすめ。怖いものがとても苦手なので悩んだあげく、ハッピーエンドのホラー映画なら観てもいいかなあと返信している。

**8月某日　だいじょうぶ**

福井の夏祭り。友達と花火大会に行くそうで、むすめは楽しそうだ。車の規制があるし、えちぜん鉄道は混むだろうから、自転車で行くという。そういえばこの子は、小学生のときに買ってもらった古い自転車しか持っていない。憧れの自転車通学が始まるときに新しい自転車を買うつもりでいたのに、自転車通学のできない学校に行くことになってしまって買いそびれた。ガレージから兄の自転車を出してきて、埃《ほこり》を払い、高さをチェックし、「だいじょうぶ！」と笑った。身長が二十センチは違うのでだいじょうぶなわけないだろうと思うが、はりきって出かける気だ。いってきます、といってからふりかえって、「ママ、晩ごはん、ひとりでだいじょうぶ？」と聞いてきた。びっくりした。たしかに、今夜は夫も遅い。でも、ひとりでだいじょうぶかとむすめに聞かれるなんて、思ってもみなかった。だいじょうぶに決まってるけど、むしろひとりでのびのびできる夜ってうれしいんだけど、そういったら悪いような気がしてちょっと口ごもってしまった。子供に心配されるようになるとは感慨深いものなんだなあ。一度はいってみたかった台詞「ヤキがまわった」をここで発動したいところ。もう私の子育ても卒業間近なんだろう。

## 8月某日　ずれる

夏期講習の合間に帰省してきた次男が、おまえ遅くね？　とワンさぶ子に話しかけている。

「この暑い最中に毛が抜けはじめても、もう遅いんじゃね？　もうちょっと早く準備すべきだったんだよ」

それは私も思う。ワンさぶ子は、暑い盛り、寒い盛りと毛の生え替わりのタイミングがちょっとずれるのだ。でも考えてみれば私もいつも準備が遅い。かわいそうに、ワンさぶ子はきっと私に似てしまったのだ。

## 8月某日　夏の旅行

今回は、家族の日程がなかなか合わなくて、例年よりも短めの北海道。オホーツク方面へ。トムラウシに行かなかったのも、山村留学以来初めてのことだ。ちょっとさびしい。

真夏の知床《しれとこ》をゆっくり散策する。気温は福井の半分しかなくて、長袖のシャツに上着を羽織らないと寒い。日本って案外広いと思う。家族で歩いていると、すぐそこに野生のエゾシカが群れて黄色い花をもしゃもしゃ食べていた。

　さて、北海道でやるつもりで揃えておいた宿題セットを、すべて福井に置いてきてしまったむすめ。かなりのショックを受けている。帰ったら三日三晩寝ずにやらなければ終わらないという。そりゃまた大変だね！　そもそも旅行に出る前に少しずつ済ませておくこともできたのではないかと思ったりもしないこともない。

## 8月某日　本読み

北海道旅行の後、次男は東京へ戻っていったが、長男は少し家にいるらしい。むすめの夏季補習が始まって、しばらく昼間はふたりだ。朝ごはんを食べながら、「今日はどうするの？」と聞いてみると、「一日じゅう本を読んで過ごすつもり」とのこと。リビングのテーブルに読みたい本を積み上げてしあわせそうだ。それなら私も読みたい本が山ほどある。ふたりしてのんびりリビングで本を読む一日。お茶好きなのも一緒なので、ときどきおいしい紅茶を淹《い》れて飲む。それで気づいたのだけど、これまで昼間に好きな本を読んでいると、いけないことをしている感が強かった。やるべきことをサボって本を読んでいる感。でも、部屋のどこかでもうひとり本を読んでいる人がいると、肯定感が生まれる。安心して本を読んでいていい。それはとってもしあわせなことだ。サボってるんじゃない。これが今私のやるべきこと、選ぶべき道なのだ（大きく出た）。

## 8月某日　箸で

北海道で買ってきた開拓《かいたく》おかきを、夫が箸を使って袋から食べている。手を汚したくない今どきの若者みたいだと指摘すると、真顔で、「こうやって食べるとまた別の味になっておいしいんだよ」と妻にもすすめてきた。

「味が変わるの？」

半信半疑で食べてみる。

「指で食べると、指の味がしちゃうでしょ」

指の味……。そこがすでにおかしいと思う。

## 8月某日　夏の終わり

夏って悲しいよね、とむすめがいって、驚いて顔を見る。ふざけているふうではない。何かちょっとショックだ。むすめよ、君はそちら側の人だったのか。昔から、夏は悲しいとか、夏はせつないとかいう人がいて、そのたびに言葉に詰まった。夏は暑すぎて、悲しいとかせつないとか思う隙がない。ずっと、みちみちに暑いだけだ。私の仮説では、夏生まれの人は夏に甘く、夏に関する感受性が強い気がする。私はもちろん冬生まれ。

## ワンさぶ子のおやつタイム

夏休みで、おにーちゃんたちが帰ってきました。駅まで迎えに行ったおかーさんが涙ぐんでいました。まず、それはやめたほうがいいです。ものすごくかっこわるいです。

おかーさんいわく、上のおにーちゃんはいつも降りてくるお客さんたちの最後にのんびり歩いてくるそうですが、下のおにーちゃんは真っ先に降りてきたそうです。なんかわかるー、とわたしは思いました。でも、電車から一番に降りてきたってだけで感激して泣くのはヘン。ヘンだよおかーさん！　わたしは、おにーちゃんたちが帰ってきても、ふーん、って感じです。わたしがしっぽを振らないのを見て、「うっわ、ワンさぶ子は平常心だね！」とおにーちゃんに感心されましたが、そうです、わたしはいつだって平常心です。あとね、わかってるから。おにーちゃんたち揃ったら、どうせみんなで夏の旅行に行くんでしょ？　わたしを置いて今年も行くんでしょ？　それなのに、うれしそうにしっぽをふりふりして、「おかえり！　ワン！」とかいえますかってーの。ふーんだ。

# 9月

## 日常の入口と出口

### 9月某日　いつまでも

暑い。毎晩よく眠れない。寝不足だと手の指の置き所がない感覚になるんだけど、わかってくれる人いるかしら……。たとえば中指と薬指が触れると、お互いに反発しあうような、指の立ち位置が定まらない気持ち悪さ。この夏はいつもそれを感じている。もう九月なのに。

### 9月某日　好み

むすめが何度か for a while という英熟語を口にするので、どうしたのかと思ったら、

「while って単語、好きなんだ」

という。なんとなく斬新だ。

「while が好きかどうかっていう視点を持ったことなかったよ」

私がいうと、

「そう？　みんな口には出さなくてもwhileは好きなんじゃないかな。だって、whileだもの」

ますますわけがわからないけれど、その後も何度かwhile、for a whileと繰り返していた。

かわいい。そして、ちょっと変。

## 9月某日　聡明か

ワンさぶ子はときどき聡明そうな瞳でじっとこちらを見るので、きっと人間の話が理解できているに違いないと思う。でも、実はおやつがほしいときに賢そうな顔をすることがだんだんわかってきた。その証拠に、手におやつを持った状態でボールを投げてもボールは追わない。おやつのことしか見ていない。目は賢そうなんだけど。

## 9月某日　逃げ切れるわ

むすめのクラスは学校祭でおばけやしきをやることになったそう。おもしろそうだね、行ってみたい、というと、真剣な顔で、「ママはダメだよ」という。来てほしくないといわれるのはさびしいものだなと思っていると、「ほんとうに怖いから」という。「あの薄暗い駐輪場でやるんだよ、舞台は病院の設定なんだよ。きなこ（仮名）、衣装つくってるだけで気持ち悪くなった」とおそろしげにいう。衣装だけで気持ち悪くなるとはますます興味深かったけれど、「最後は走って追いかけて足首つかむの。ママは逃げ切れないよ……」。悲痛な面持ちでいうので断念した。足首をつかまれて駐輪場で転んで泣いている無残な母の姿が浮かんだのだろう。

むすめの脳裏に浮かんだ私の姿があまりに不憫で悲しい。

## 9月某日　疲れ果てて

部活と学校祭準備で疲れ果て、着替えもままならなかったらしいむすめが、上はセーラー服、下は部活の短パン、白い靴下にローファーという不思議な恰好で帰ってきた。スカートをはく前に力尽きたようだ。へとへとの顔で、「闇に紛れてこっそり歩いてきた」という。しかし、着替えたスカートを学校に置いてきてしまったことに後で気づいて呆然《ぼうぜん》としていた。明日の朝もセーラー服に短パンで登校するのか……。

## 9月某日　お迎え

むすめは徒歩で通学している。私が車で学校に送り迎えをすることはほとんどない（寝坊したときと、豪雨のときくらい）。でも、今日はめずらしく「迎えにきてくれる？」とＬＩＮＥが入った。「いいよ」と返信してから、気になって、「どうしたの？」と聞くと、「怖い」。外にいるならまだしも、学校にいて怖いなどということがあるのだろうか。不審に思いつつ急いで迎えに行くと、照れくさそうな顔でへへっと笑って、「お化け屋敷つくってたら怖くて怖くて動けなくなった」そう。心配したわ。

## 9月某日　シラ

夜、リビングで仕事をしていたら、突然ワンさぶ子が鋭い鳴き声をあげた。びっくりして駆けつけると、どうやら寝言だったらしい。本人も驚いたようで、段ボールの寝床からきょとんとした目を覗かせている。「ワンさぶ、だいじょうぶ？」と尋ねると、「なあに？　こんな時間にお夜食？」とシラを切りつつ、おやつを求めてスチャッとおすわりをした。

## 9月某日　アフタヌーンティー

おかあさん友達の家におよばれしてアフタヌーンティー。居心地のいいキッチンに、オーブンからいい匂いがしている。スコーンやケーキやサンドイッチがたくさんつくってあって、うきうきしてくる。私はスープをつくっていくと予告したのに、間違えて豆を煮ていってしまった。ぜんぜん違うわ！　おいしいものと怒濤のおしゃべりで楽しい午後。人をもてなす才覚っていいなぁ。

親しい人を家に招くことができたら楽しいだろうとたまに思う。憧れる。私は人を招いてこなかった。いろんな道があって、ひとつを選べばもうひとつは選べない。はじめはきっとどんな道でも歩けたはずなのに、枝分かれした道をどんどん進んできてしまった。道の途中で白い柴犬を家族にしたら、客人に吠えるオプション付きだった。そもそも家を建てるときに、どんな家にしたいか夫婦で考えて、「本を読みやすい家」と「お客さんの来ない家」をテーマにしたのだった。この道はもう引き返せない気がする。

## 9月某日　ウィンカー

ワンさぶ子と散歩をしていると、ウィンカーを出さない車をよく見かける。犬と人になら出す必要がないと思っているのかもしれないけど、犬と人にこそ出してほしい。その車がこちらに来るのか、どちらに曲がるのか、知りたい。犬と人は車を避けなければならないからだ。ウィンカーを出さないような車は、犬と人が通るのを止まって待ってくれたりは決してしない。「わーびっくりした、車がブーンって急にこっちへ来たよおかーさん！」とワンさぶ子がいうので、とりあえずあの車が右折するときに百台待ちますようにと呪いをかけておく。

## 9月某日　運動会

近くの小学校で秋の運動会をやっている。子供たちの歓声が聞こえると、ワンさぶ子がふっと耳をそばだてている。犬の頭の中では、時間や年月の流れはどうなっているのだろう。もしかしたら、ワンさぶ子は、きなこが今もあの運動場のどこかで白い体操服を着て走ったり玉を投げたり綱を引いたりしていると思っているのではないか。

すると、ワンさぶ子が顔を上げ、「なわけないじゃん」。冷めた目で私を見て、「あのね、おかーさん、きなこちゃんはもう十六歳なの！」と教え諭すようにいったのだった。

## 9月某日　料理レシピ本大賞

『とりあえずウミガメのスープを仕込もう。』が第六回料理レシピ本大賞の特別選考委員賞を受賞した。レシピなんてひとつも載ってないのに太っ腹な賞である。立派な授賞式に招待されて、いそいそと上京。

授賞式前に友人と会ってごはんを食べているときに、式にふさわしいバッグを持っていないから手ぶらで行くのだといったら驚かれた。そして彼女はそのときに持っていた素敵なバッグの中身を全部さっと紙袋に移し、空にして貸してくれたのだった。バッグは、財布が入り、ハンカチが入り、スマホが入り、たくさんいただいた名刺が入り、なおかつ手持ち無沙汰という事態から救ってくれる。大変便利なものであることを知った。今度、バッグを買おう。

授賞式では、山本《やまもと》ゆりさんにお会いできてうれしかった。料理研究家でありながら涙が出るほど笑えるブログやエッセイを書く人。彼女の本の帯を書いたことがあるのが私の自慢なのだ。実物はものすごく可愛い人だった。編集長の計らいで隣の席でごはんを食べてたくさんお話ししてきた。「レシピは毎日百個くらい思いつきます」と話してくれたのが印象に残った。天才だわ。私も、毎日百個くらい書くことを思いつきたい。十個でもいいや。

### 9月某日　翌日

お昼に息子たちと待ち合わせてごはんを食べる。三人とも店を知らないので、こないだ三人で食べておいしかった店にまた行く。メニューを見て、一瞬口をつぐみ、それから「違う……」とほぼ同時につぶやいたのがおかしかった。そうか、こないだ来たのは夜だったんだ。前に食べておいしかったものが、お昼のメニューにはぜんぜんなかった。それでも、兄弟が楽しそうに話しながら食べていれば、ランチメニューの貧弱さなどどうでもよくなる。

帰り際、次男が「寮に寄っていく？」といったので、しまった、と思う。これ、二度目だ。試されているような気がした。だけど、なにげない感じで「また今度にする」と答える。もう新幹線の時間が迫っていた。次男も午後から授業に戻るといっていたはずだった。せっかくだから寄っていくほうがよかったのではないか、何か話したいことがあったのではないか、などと思い返しながら、オレンジ色の電車で東京駅へ向かう。次に来たときにまた同じことをいわれたら、今度こそ寄っていこう。でもたぶん、次はない。だいたいそういうものなのだ。

## ワンさぶ子のおやつタイム

えっと、眉に唾つけて聞いてほしいんですが（考えてみればわたしに眉はありません）、あのですね、おかーさんがいうには、おかーさんにすごく意地悪をした人とか、おかーさんが心から嫌だなって思うことをした人は、そのあとたいてい不幸になってるんですって。やだ、なにその変な話！「悪い人にはいつかバチが当たる」っていう話なのかもしれないですけど、んー、もっと、なんというか、早いスパンで、けっこうな不運に見舞われているっていうか、あっ、わたしも今これを書いていてちょっと気味が悪いです。つまり、おかーさんは、おかーさんにひどいことをした人のことは、そのときは腹を立てたり悲しんだりするそうなんですけど、そのあと気の毒に思うそうです。

だって、その人、かなりの確率で不幸になることがわかってるから。べつにおかーさんがその人を呪ったり恨んだりするわけじゃないみたいです、たぶん。ただ、忘れた頃にその人の不遇を風のたよりに聞くそうです。怖いですね。怖いですよ。わたしもおかーさんにはあんまり悪いことはしないでおこうと思っています。ウィンカーもちゃんと出します。おかーさん、いつもボール投げて遊んでくれるしね。毎朝、毎夕、散歩に連れていってくれるしね。えへへ、ゴマすっといた。これで安心かな。

# 10月　それぞれの秋

## 10月某日　秋を捕まえる

風が強い。散歩に出たら、落ち葉がぴゅうっと飛んで、地面でくるくる舞っている。ワンさぶ子が一目散に駆けていって、両手で捕まえようとするけれど、すんでのところで逃してしまう。「あれは葉っぱだよ」というと、私の顔を見上げて「……わかってるよ」といってプイッとそっぽを向く。わかっていても、すばやく動くものを本能的に追ってしまうのか、それとも、ほんとうは虫か小動物だと思って追いかけたのをごまかしたのか。どちらにしても、両手で捕まえようとするしぐさのいとおしさよ。赤ちゃんの頃からちっとも変わっていない。

## 10月某日　私はスルー

玄関のドアが開いた音がして、誰か帰ってきたのかと見に行くと、父がワンさぶ子のところへ遊びに来ていた。おやつを隠し持って、かわいいねぇ、かわいいねぇ、と撫でている。ワンさぶ子も美しくおすわりをしておとなしく撫でられるままになっている。私に撫でられると一分くらいで「もういい？」と立っていってしまうくせにだ。父に撫でられていれば後でおやつをもらえることをちゃんとわかっているのだ。ちなみに父は実の娘である私にはこれまでに一度もかわいいなどといったことはない。今日も、撫で終わると満足そうな笑顔でおやつをあげ、じゃあ！　と麻雀に出かけていってしまった。ワンさぶ子は私にはちらっと目をくれただけで、日向へ移動して大あくびをして丸まった。いいコンビかもしれない。

## 10月某日　勇者

卒業証明書を送って、と次男からＬＩＮＥ。センター試験の願書を出すのに必要なのだそうだ。もうそんな時期か。しかし、卒業証明書とは何か。見たこともなく、どんな形状のものかもわからない。聞けば、卒業式の日にもらったぴらっとした一枚の紙、とのこと。そんなものが見つかるだろうかと次男と長男がふたりで（物置として）使っていた部屋を見に行くと、これは絶対に見つからないだろうと確信を持てるひどさ。床が物で、しかもどうでもいい物で埋め尽くされている。本とか雑誌とか服とかデュエルのカードとか。あ、この紙かな、と拾って見ると長男の高校の成績表だったり、次男の中学の部活の日程表だったりして、ここで見つけられたら天才だろうと思う。でも、見つけた。わりとあっさり見つけて拍子抜けするくらい。この魔窟から、どこにあるともわからぬ、ほんとうにあるのかどうかさえわからぬたった一枚の書類を発見した私は勇者。

**10月某日　熊出没**

福井県警によると、うちのすぐ近くに熊が出たらしい。曲がりなりにも住宅地である。二十三時三十分に体長五十センチの熊目撃情報アリ、と聞いてたぶん誰もがそれって犬か猫の見間違いじゃ？　と思っただろう。もちろん私も半分以上そう思っている。でもきっと目撃した人も迷ったんじゃないかな。一笑に付されるのを覚悟で通報してくれた勇気に感謝を。

**10月某日　心臓**

むすめが突然心臓が痛いと胸を押さえたのでびっくりした。「だいじょうぶ⁉」と聞くと、「あ、だいじょうぶ」と顔を上げた。ぜんぜん平然としている。「さっきまでかゆかったんだけどね、今はちょっと痛い」とのこと。それはほんとうに心臓だろうか。

**10月某日　警告**

前代未聞の台風が来るという。よくわからないけど、若い男子なんて台風を気にもしていないんじゃないか。備えよ、と息子たちにＬＩＮＥする。

**10月某日　来襲**

関東は暴風雨だとニュースでいっているのに、息子たちからは何の連絡もない。たよりのないのはよいたより。しかしさすがに心配になって夜中にＬＩＮＥで「台風だいじょうぶ？」と尋ねると、ふたり揃って申し合わせたように、だいじょうぶじゃなかったみたいな顔のスタンプを送ってくる。それからそれぞれ「なんなら、みんながうちに避難してくるレベルで安全」「台風にはまったく気づかないうちに通り過ぎていた」などと返ってきた。強がりすぎでしょうよ。

## 10月某日　心配

一夜明けたら各地で甚大な被害が出ている。呆然とするほどだ。もう日本はどこに住んでも安全じゃないのでは……。

今は息子がふたりとも東京にいるけれど、東京に出す前はやっぱり心配だった。直下型地震で何十万人にも被害が及ぶという試算を目にしたときは、正直に心配だと息子に話した。すると、彼は、どこで暮らしていても何かに巻き込まれる可能性はあるのだから心配することはない、というようなことをいった。あまり納得できない顔をしていた私に、もしも自分に何かあったとしても、今ちゃんとしあわせだから、最後までしあわせに暮らしていたと思ってくれたらいいよ、と笑顔でいったのだった。それを聞いたら、もう何もいうことはない気がした。万一、家族の誰かに何かが起きても、最後までちゃんとしあわせに生きていたのだと思うし、私自身、家族にそう思われるように生きようと思ったのだった。

### 10月某日　服を選ぶ

石川県立図書館にて陸秋《りくしゅう》槎《さ》さんとトークイベント。思っていたよりも気温が高くて、着ていくつもりだったニットでは暑い。ワンピース、シャツとスカート、と着替えて検討していると、夫が「おっ、それいいねえ。でもちょっとカジュアルかな」とか「もっと明るい色でもいいかもね」などとにこにこしながら感想をいってくれる。「陸さんが何を着てくるかわからないから自分だけ気合い入れてるのも変だよね」といったら、「ところで、何の集まり？」と聞き返された。夫よ、何も知らずに服選びにつきあってくれていたのか。ありがとう……。

### 10月某日　ミステリ（じゃない）

福井駅で、後ろから肩をたたかれ、二十代前半くらいの青年に「落としましたよ」と封筒を渡された。いつも使っている銀行の見慣れた封筒で、よく私が折るように口が折られている。親切な青年にお礼をいって受け取った。私はしょっちゅう封筒のまま現金を持ち歩くので、特に疑問に思わなかった。特急に乗り、金沢が近づいてきた頃に、ふと封筒を思い出し、そういえばいくら入ってるんだっけ、と思った。開けてみると、予想を超える金額が入っている。むーーん。こんなに入れてたっけ？　他の人はどうかわからないけど、少なくとも私がトークイベントに持っていくような額ではない。何かのために下ろしたお金を忘れて鞄に入れてきてしまったのかしら。いや、そもそもこの鞄に封筒でお金を入れた？　え、じゃあ、これって、私のお金？　普段からあまりお金のことを把握していないから、こういうときに自信が持てない。私のお金じゃないかもしれない。でも私のお金ではないともいいきれない。人込みの中なら間違えようもあるだろうけど、それほど人の歩いていない通路で、後ろから来た青年が「落としましたよ」と拾ってくれたのだ。あの青年は天使？　いや、もしかして、このお金は犯罪絡みで、彼はとりあえずその場から逃げるために、たまたま通りがかった私に託した？　などなど考え込んでいるうちに金沢へ到着。

　打ち合わせをするはずの謎《なぞ》屋《や》珈琲店《こーひーてん》で、ミステリ作家である陸さんに「さっき発生した謎がありまして」とこの話をしたら、困ったような顔をされた。そして困り顔のわりにきっぱりと流暢《りゅうちょう》な日本語で「それほど謎でもないです」というのだった。「警察へ届けましょう」。えぇー、ミステリ作家なのに推理してくれないの！　私のお金かもしれないのに！　と思ったけれど、九対一くらいの割合で私のお金じゃない気がしてきていたので、福井へ戻ってから交番へ届けた。私のお金だったらとってもまぬけだ。

## ワンさぶ子のおやつタイム

おかげさまで福井の十月はおおむね穏やかで、できることならずっと家にいたいと常にいっているおかーさんが、いろいろなところに出かけていきました。そのたびに玄関でわたしに、ごめんね、すぐ帰ってくるからね、というのですが、わたしはべつに気にしていません。どうせ気持ちよくお昼寝している間に帰ってくるからです。むしろ、

「ただいま〜」といいながらわたしをなでなでなでなでするのがしつこくてめんどくさいです。今日は光文社の人たちと打ち合わせをしてきたそうで、このエッセイが、来年、本になるかもしれないとうれしそうでした。わたしの写真をいっぱい載せたらぜったい売れるよ？

そうそう、まんなかのおにーちゃんが「来年も大学は一校しか受けたくないけど、いいかな？」といってきました。「いいよー！」とわたしが返事しときました。おかーさんは、その一校がもしもだめだったらどうするのかな？　と思ったみたいです。なんでそんな危険な綱渡りみたいなことするの、というから、わたしがおにーちゃんに代わって答えておきました。「はいはーい！　危ないことのほうがおもしろいからでーす！」

おにーちゃんの受験の心配のせいではありませんが（はい、まったくないです）、おかーさんは駅まで車で行ったことを忘れてえちぜん鉄道で帰ってきてしまいました。家に着いたら車がなくて、あっ！　となったそうです。やばいですわね。

# 11月

## 誕生日、試写会、京都

### 11月某日　なかよしさん

朝、ワンさぶ子と散歩に行った帰り、母が出かけるところに遇《あ》う。少し離れたまま見ていると、実家の窓が開いて、父が母に手を振っていた。母も振り返して、にこにこと歩いていく。

朝からいいものを見た。ワンさぶ子も「ほほえましいねぇ」などと目を細めている。

### 11月某日　合格

先月、交番に届けたお金は、無事に落とし主が現れたそうだ。福井駅で「落としましたよ」とお兄さんが渡してくれた例のお金だ。事の経緯を知っている夫は、「それ、きっと試験だったんだよ」という。何の試験？　「お兄さんは神さまのお使いで、君がお金を交番に届けるかどうかの試験」だそうなので、たぶんきっと私もお兄さんも試験に合格したね。これからいいことがいっぱい起きるんだと思う。おめでとう。ふふふ、ありがとう。

## 11月某日　結んだ髪

やっと伸びてきた髪を、ちょっと無理してひとつに結ぶ。学校から帰ってきたむすめが私を見て無邪気な声で、「どうしてそんな髪になってるの？」と聞いてきた。そんな髪といわれるほどの髪だろうか。疑問に思っていると、「牡蠣《かき》みたいだね」と笑顔でいわれてますます疑問だ。ほめ言葉には聞こえないが、笑顔で人を貶《けな》すようなむすめではない。「あの、牡蠣って、牡蠣？」確認すると、「うん、牡蠣」といわれた。

## 11月某日　文明の利器

灯油ポンプが壊れた。いくらがんばってもシュコシュコいうだけで灯油が汲《く》めなくなってしまったので、この機会にモーターで吸い上げるタイプのポンプを買ってみる。電池式。九百八十円。期待していなかったのに、びっくり。あっという間に灯油が吸い上げられていく。文明はここまで進んでいたのか。これまで手動のポンプで灯油を汲んでいた何百回もの寒くて不毛な時間はなんだったんだろう。わーい、電池ばんざい！　文明ばんざい！

## 11月某日　お昼寝つらい

私は昼寝が好きではない。また起きなければならないからだ。起きるつらさは一日に一度でじゅうぶんだ。だからよほどのことがない限り自ら進んで昼寝をすることはないのだけれど、今日の眠みは度を越していた。身の危険を感じるほどだった。意を決して昼間のうちから寝室で蒲団に入るも、部屋が寒い。蒲団がつめたい。わああ寒いつめたい寒いつめたい、とぶるぶるふるえているうちに二十分にセットしたタイマーがピピピピピと鳴って、寒い思いをしただけのお昼寝タイム終了。

## 11月某日　次男の誕生日

ケーキを買おうかどうしようか迷って、やめる。ここにいない子の誕生日を祝ってケーキを食べるというのがなんとなく縁起が悪いような気がしてしまったからだ。ところが、いつものように部活で遅く帰ってきたむすめが、小さな花束を手にしていた。「お誕生日だから」というので、やっぱりケーキを買えばよかったと思う。今日は、次男が家を出ていってから初めて、きっぱりと、さびしいと思った。油断すると泣きそうだった。十九歳、おめでとう。

## 11月某日　三つ子

今年はインフルエンザの流行が早いらしい。早めにワクチンを打ったほうがいいとＬＩＮＥを入れたら長男が死んだふりをしている。彼の注射嫌いは筋金入りだった。昔、幼稚園で集団接種の日に一日じゅう姿をくらましていたことがある。「ヒロトくん（仮名）、今日はどこにもいなくて、お帰りの頃にようやく出てきました」といわれて恐縮したのを思い出す。さんざん捜しまわってくれたのだろう。園のホールの舞台袖のカーテンの中にひとりでずっと隠れていたらしい。医師と看護師たちが撤収してすぐにのこのこ出ていって捕まって打たれることを恐れ、お帰りのバスの時間まで用心深く隠れていたのはすごいと思った。大学入学時の健診では血液検査で意識が遠のいてしばらくベッドに寝かせてもらったそうだから笑える。三つ子の魂百までとはよくいったものだ。

## 11月某日　違う物語

中学の同級生ふたりと会って、三人でお昼ごはんをつくって食べながらたくさん話して夕方までに帰る会。こんなふうに会うようになったのは、ここ数年のことだ。中学のときは、挨拶程度しかしない仲だった。あの頃のことを話すと、ほんとうに同じ中学にいたのだろうかとしみじみおもしろい。お互いに共通の友達や先生がいて、同じ月日を経験してきている。それなのに、たとえば中学で起きた事件についてさえ、まったく違う話になることに驚く。同じ三年間を過ごしたはずなのに、登場人物が重なるだけの別の物語の中にいたみたいだ。もしかしたら、今このときのことも、まったく別の景色として見えているのかもしれないんだなあ。

## 11月某日　寸暇を惜しむ

五分でも十分でもスキマ時間に古典の単語とか覚えるといいんだって、とむすめが単語帳を開いている。ほぼすべての時間を楽しく過ごして、スキマ時間にだけ勉強するっていうのはまさに本末転倒、スキマ時間の想定外の使われ方だと思う。

## 11月某日　『静かな雨』試写会

久しぶりに上京。東京は雨が降っていて寒い。そういえば、映画の中でもよく雨が降っていた。冒頭から、すごく親しいものが別の顔を見せる瞬間のような、不思議な引力で引き込まれる。あああ、ここはこんなふうに動くのか、こんなふうな音になるのか、などなどすべてのシーンが新鮮な驚きでいっぱい。こよみさん（衛藤美彩《えとうみさ》さん）と行助《ゆきすけ》（仲野太賀《なかのたいが》さん）が、私が書いたのとはまた別の世界で生きていた。

帰りに、次男と待ち合わせ。定食屋で大盛りのごはんを三杯もおかわりしていた。寮の食事がまずいと聞いてはいたけれど、そんなに飢えていたのか……。最終の新幹線までにまだ時間があったので、「ちょっとお茶でも飲んでいく？」と聞くと、「じゃあ、寮に寄っていく？」といわれる。来たよ、三度目の正直！

## 11月某日　運命

友人と京都へ。染色家の玉村咏《たまむらえい》さんのアトリエにお邪魔して、着物を見せてもらう。私は着物というのは運命だと思っている。べつに着なくても生きていけるのにわざわざ着ようと思うからには運命の出会いが必要だと思うのだ。などといっているとなかなか出会えないのが世の常。出会えなかったら出会えなかったでいい。そう思いながら訪ねて、出会ってしまった。アトリエにあった着物を何十枚も羽織らせてもらって、最後にどれが一番似合っていたか聞くと、友人も、玉村さんご本人も、その奥様も、スタッフの方も、その場にいた全員が同じ一枚を指したのだった。それは、私自身もひそかに一番好きだと思った一枚だった。これを運命といわずしてなんといおう？

　午後からは友人がもうひとり合流して鈴虫寺《すずむしでら》へ。何でもひとつだけ願い事を叶《かな》えてくれるお地蔵様がいるのだ。あの着物が手に入りますように、と願いそうになるのをこらえて、もともとの願い事を心の中で唱える。たったひとつだけの願いのはずなのに、鮮やかに染まった紅葉の下、みんな熱心にいつまでもお地蔵様に手を合わせていた。

## ワンさぶ子のおやつタイム

　今月は、きなこちゃんが弓道の新人戦に出て、思いがけず三位決定戦まで進んだことが宮下家的ニュースになりました。ぜんぜん的に当たらないって先週まで嘆いてたのに、意外とやるね、とわたしがいったら、きなこちゃんは「弓道って運なんだよ、ワンさぶ子」といいました。謙遜かな？　ちがうよね、本気で思ってるんだよね。たぶん、家族全員が運じゃないと思ったと思います。どちらかというと、まぐれだと思います。

　ところで、おかーさんが天使からお金を渡されて交番に届けた話の余談ですが、もしも落とした人が三か月以内に現れなかったら、道で拾った場合は全額届けた人のお金になるそうです。確定申告のとき、どうするのかな？　でもね、今回のようにＪＲの敷地内で拾った場合はＪＲと半分ずつになるそうです。えー、そんなならＪＲの敷地内でお金を拾っても、道で拾ったことにする人が続出じゃない？　あっ、わたしは正直な柴犬なので、お金を拾ったらもちろんすぐにおかーさんに届けますね。そしたらおかーさんとわたしで半分ずつです！

# 12月

## あっという間

### 12月某日　間違い

ワンさぶ子も走る師走。今年はこれまでの人生でいちばんあっという間の一年だった。私の感覚ではまだ六月くらいだ。これから夏だ。どうなってるんだ、どこか何か間違ってるんじゃないだろうか、今年。

### 12月某日　質量とは

お菓子づくりでバターを計量していたきなこ（仮名）、ふと手を止めて、

「ねぇ、小麦粉の二十五グラムとバター二十五グラムだと、どっちが重い？」

気持ちはわからないこともないけど、重さは同じなんじゃないかと思った。

## 12月某日　会う月間

人と会う。ごはんを食べたり、お茶を飲んだり。今月は私にしては考えられないくらい人と会っている。普段は滅多に約束しないことにしているのだけど、どういう塩梅《あんばい》なのか、人とよく会う月がたまに来るのだ。これが何に影響されてのことなのか、また何に影響を及ぼしているのか、ぜんぜんわからない。少なくとも小説を書く脳とはまったく別のところが作用しているのは確かだ。人と会った後に小説を書きたくなることって、ない。あ、つまり、人と会う月は小説を書けないってことなんだなあ。とりあえず、会いたくない人とは会わない、というところはきちんと守っている。

## 12月某日　犬に話す

伊集院静《いじゅういんしずか》さんがテレビに出ていて、ご自身の飼っている犬に夜中にたくさんの話を聞かせてきたと話していた。なんだかすごくわかる。私もひとりでいるとワンさぶ子にたくさん話をする。隣に並んですわって、白い身体を撫でていると、いろんな話をしたくなるのだ。ワンさぶ子はいつも賢そうな顔で、ふーん、って感じで聞いていて、それから首を傾げて、そんなことよりおやつ食べよ？　と促してくれる。その聞き流し加減がちょうどいいのだ。それからたいてい何事もなかったようにおやつを食べたりボールを投げたりして遊ぶ。でも、意外とワンさぶ子は私の話を覚えていて、いつか思い出してこっそり笑ったりしているのかもしれないなぁ。

### 12月某日　デュエル！

長男がジャンプフェスタの公式デュエルの大会にゲストとして呼ばれたという（個人ではなく五人のチームで呼ばれたらしい）。なにその快挙。ネットで見たら、大学からの刺客として、仮面をつけてデュエリストたちと闘うヒロト（仮名）の姿がちゃんと写真に残っていた。「プロになれたらいいね！」というと、「報酬は現金ではなくカードだった」というので、クレジットカード？　商品券ってこと？　と思ったら、デュエルのカードらしい。食べていけない。

### 12月某日　心配

きなこが「授業中に寝るのはつらいんだよ」と、ほんとうにつらそうにいう。「ほんとは起きていたいんだよ。寝たくて寝てるわけじゃないんだよ」

要するに、寝てるってことだ。今日は、きなこを起こそうとしたクラスメイトに先生が「寝かせておいてやれ」といったそうだ。匙《さじ》を投げられたのではと母は心配になるが、本人は「何か家庭の事情があって睡眠不足な子だと思われてるのかも」などという。なわけないじゃん。そんな健康そうな顔して家庭を心配されてるわけないでしょ。

### 12月某日　今月のＢＴＳ

大阪でのファンミーティングにひとりで参加。きなことふたりで行きたくて応募を続けたけれど、ひとり一枚しか取れないのだ。きなこは結局十二回外れて、ローチケでの最後の放流もつかめなかった。きなこが行けないのに私がひとりで行くのも気が重くて、京《きょう》セラドームが果てしなく遠く感じられた。完全に弱気モードだった。それなのに、コンサートが始まった瞬間、何もかも吹き飛ぶ破壊力。まさか最初からこの曲を⁉　という動揺と、どおおおっと湧き上がる感動で、気がついたら涙が流れていた。隣の席の知らない人も号泣している。構成も、セトリも、ＭＣも、映像も、最高だ。こんなに楽しいコンサートは久しぶりだった。ドームが小さく感じられた。来てよかった。ほんとうによかった。

### 12月某日　ピピ

きなこは起きもしないのにいつも早い時間に目覚ましをかける。ピピ、ピピ、ピピ、ピピ、と鳴っても鳴っても止めないので、ぐわーっと頭に血が上るけれども蒲団をかぶって耐える。今朝は、目覚ましから五十分も遅く起きてきて、わりと機嫌よくしている。どうしたのかと思ったら、「ピピって鳴るたびに商品ができる夢を見てたの」という。「最後は、ピピピピピピピってずっと鳴ってるでしょう。いっぱい商品できてきた〜」とにっこり。「そりゃよかったね！」といっておいた。

### 12月某日　期末の風物詩

三者面談。きなこは無口で「はい」とか「そうです」とかいって静かに笑うくらいなので（はいでもそうですでもないときは、穏やかに首を横に振る）、こういう場では必然的に母である私が喋らなければならない。そう身構えて出陣したのに、きなこの思いがけない発言が飛び出して、意外な展開に。ああ、そうきたか。子供って予測不能だなあ。きなこは大きくなったんだなあ。毎日一緒に暮らしているのに、普段は見えない顔ってある。こんなふうに考えていたのか、それをちゃんといえるようになったのかと思ったら、懇談中だというのになんだか泣けて泣けてしょうがなかった。兄たちにはいちいち驚かされてきたけれど、穏やかで内気だった末っ子にも、こんなふうに驚かされる日が来るなんて。こうして母は子供たちに置いてけぼりを食う。きっともう追いつけないんだろう。

### 12月某日　見切り

年賀状はあきらめた。今年は見切りが早かった。

### 12月某日　きれい好き

大掃除もあきらめたかったけど、きれい好きの次男がもうすぐ帰省してくるのに家が汚かったらいやだろうなと思ってがんばる。……つもりだったけど、だいたい見込んだ時間の四～五倍くらいかかるものだな、掃除って。とりあえずお風呂とトイレをものすごーくきれいに磨いて、寝室を整えたところで時間切れ。せめて一週間前に始めていればな。もうちょっと広範囲を掃除できたはずなんだよな。だけどそれができたらもう私は私じゃないんだよな。

## 12月某日　もうひとり

次男、長男、と相次いで帰ってきて、家が一気ににぎやかに。ああ、家族が揃うのってとてもいい。家族五人とワンさぶ子一匹、これで完成形だ。でも、おかしい。なぜか、五人と一匹が家にいても、まだ誰か帰ってくるような気がしてしまう。もうひとりくらいいたような。

## 12月某日　誰

夜九時過ぎに、誰かが玄関の外を歩く音が聞こえる。

「誰だろう、こんな時間に」

きなこと顔を見合わせていると、ドアが開いて、

「ただいま〜」

友達と出かけていた長男が帰ってきた。そうだった。長男が帰省してきているのをふたりして完全に忘れていた。

## 12月某日　あきらめ

きなこの数学の宿題を長男が見てくれている。丁寧に説明した後に、きなこがまだわからない顔をしているのを見て、「あ、これはもう無理だからあきらめな」と適切なアドバイスをくれるのだが、問題ごとにその判断のスピードが速くなってきている。最後は問題を解きはじめたきなこの後ろから「あきらめな」といって去っていった。きなこは椅子からずり落ちていた。

## ワンさぶ子のおやつタイム

ああ、早く冬にならないかなあ、と思っていたのはちょっと間違っていて、正しくは、ああ、早く雪が降らないかなあ、でした。雪の降らない冬なんて何の意味もありません。ただ寒くてぶるぶる震えるだけです。そんなぶるぶるごっこをするために冬があるのではありません。NO SNOW, NO LIFE.　えへへ、ちょっと大きく出ちゃった。ほんとは雪がなくても生きていけます。つまんないけどさ。

それにしても、おかーさんは最近よくヘンな服を着ています。「あっ、ヘンだ！」と思うとわたしはすかさず立ち上がって二本の前足でおかーさんにハイタッチすることにしています。おかーさんはいつもならよろこんでわたしにハイタッチを返してくれるのですが、このヘンな服を着ているときは「わわっ」と後退《あとずさ》ります。「ワンさぶ子、やめて！　着物に飛びつかないで！」というのです。飛びつくこともできない服なんて服じゃないでしょ！　どうもわたしはあのヘンな着物というやつがいけすかなくて、おかーさんがあれを着たときには虎視眈々と飛びつく機会を窺《うかが》っています。

# 1月　またね

## 1月某日　握手

長男、次男、揃って東京へ戻る。午後の電車で帰る前に、実家の父母と私と五人でおいしいピザ屋さんへ行く。私のところに運ばれてきたピザに「このピザは開店以来13万枚目のピザです！」という小さなカードがついてきた。おめでとうございます！　と記念のトートバッグまでもらった。幸先がいい気がした。お店を出てから、みんなで写真を撮った。一月とは思えない真っ青な空がきれいだった。福井駅へ向かう息子たちと別れるとき、父は、もうすぐ受験を迎える次男に「がんばれよ」といいたかったようだけど、そういったらプレッシャーになると思ったのか、結局、何もいわず笑顔で力強く握手をした。その気持ちが伝わったんだろう、次男も写真に収めておきたいようないい笑顔をしていた。

## 1月某日　予感

毎朝、ワンさぶ子と散歩をした帰りに実家に寄るのが日課だ。今朝は、チャイムを鳴らしたら、母がひとりで玄関先へ出てきた。父はめずらしく寝坊しているのだという。それから、寝室の方へ向かって「ワンさぶちゃん来たわよー！」と呼びかけた。返事はなかった。なんとなく嫌な予感がして、すぐに自宅へ戻り、ワンさぶ子を置いてまた実家へ走って戻った。寝室へ行くと、父が起きようとして起き上がれず、母が助け起こそうとしていた。あわてて救急車を呼ぶ。落ち着いて、落ち着いて。だいじょうぶ、だいじょうぶ。昔から私には第六感がなく、いつも予感は当たらない。だから、この嫌な予感も外れ、悪いことなど何も起きないのだ。できるだけ論理的に考えて、父はだいじょうぶだ、と思う。

## 1月某日　待つ

父は脳梗塞だった。すぐに手術をすることになる。どれくらいかかるのかもわからないまま、母とふたりで待合室の長椅子にすわって待つ。「だいじょうぶよ、パパは運が強いから」と母がいう。「うん、そうだね、だいじょうぶだね」と答えて、今日はだいじょうぶだといいすぎだなと思う。だいぶ待って、手術がうまくいったことを知る。後遺症についてはわからないらしい。リハビリをがんばるわ、と母が気丈に笑った。

## 1月某日　眠る前に

とりあえず今日はもう眠ったままだというので、家に帰る。母が、昨日はすごくいい一日だったのだという。かわいい孫たちとおいしいごはんを一緒に食べて東京へ送り出し、ワンさぶ子と散歩をし、夜まで楽しく過ごし、寝る前には父が母に「しあわせだなぁ」といったのだそうだ。思わず聞き返す。「トミーが、しあわせだっていったの？」「うん、俺たちはしあわせだなぁって、うれしそうにいったのよ」。その後、さらに父は母に「おまえは好きなように生きろよ」と笑っていったのだそうだ。

## 1月某日　電話

救命センターに行くと、父は昨日と変わらない様子で寝ている。もう目を覚ましていたりするのかもと期待していたから、ちょっとがっかりしてしまった。でも、がっかりしている場合じゃない。これからが長いんだろう。看護師さんが何度も来て、いろいろな処置をしてくれている。手を握ったり話しかけたり、しばらくベッドの脇で過ごしてから、休めるときに休んでおこうといったん家に戻ることにする。夕方、ふたたび病院へ向かって運転している途中に母の携帯に電話が入る。病院かららしい。えっ、と母が聞き返している。おびえたように「……いい話ですか？」と尋ねている。いい話のわけがないだろう、とぼんやり思う。なのに、電話を切った母に「だいじょうぶ、きっとだいじょうぶ」といっている。病院に着くと、主治医の先生から父の脳に恐れていた出血が広範囲で起きていると知らされる。残念ながら、父はもう目を覚まさない。救いは、父はもう痛みも苦しみも感じていないということ。延命治療をするかどうか、丁寧に聞かれる。今は自発呼吸ができているけれど、できなくなったときに気管切開をするか、胃瘻《いろう》はつくるか、出血による脳内の圧を逃すために頭蓋骨を外す手術をするか、など。言葉の意味がよくわからない。そういうものを延命というのか、治療と呼ぶのか。母は涙を流していたが、震える声で「主人はそれを望んでいません」とはっきりいった。

### 1月某日　父と話す

長男、次男が相次いで駆けつける。弟と姪も来た。父の様子は特に変わらない。左脳の出血で動かないといわれた右手で私たちの手を握り返し、左足では蒲団を蹴り、そのたびにみんなハッとする。一縷《いちる》の望みのようなものを抱いてしまう。でも、身体の反射なのだそうだ。「ちょっとふたりにしてもらっていい？」と次男がいい、父と秘密の会話をしたようだった。さすが兄弟だ。次男が来る少し前に、長男が「ちょっとひとりにしてくれる？」といってひとりで父のそばにいって、何事かをしばらく話していたのだった。

### 1月某日　またね

父の容態は落ち着いている。一週間後にセンター試験を控えた次男が東京へ戻っていき、むすめは普段通りに登校した。だんだん呼吸が荒くなってきているのがわかる。呼吸を楽にする管を入れますか、と看護師さんが聞いてくれる。見守る家族のためを思ってのことだろう。実際には父はもう苦痛を感じることもないというのに、苦しそうに見えるという見守る側の都合で、終えようとしている生命活動の邪魔をしたくはなかった。でも、少しでも楽になるならそのほうがいい。心は揺れる。ただ、もしも管を入れて呼吸が楽になったとしても、回復するわけではない。今度は心臓がもたなくなったり、弱った身体が何かに感染して熱が出たりするのだろう。何が直接の原因になるのかはわからないが、もうすぐ確実に心臓は動きを止めるのだ。どんなふうに苦しむ父を見るのもつらい。それなら、父に任せるのがいいんじゃないか、と私は思った。正解はわからない。誰かひとりでも管を入れたいといったら尊重しようと思った。母と弟と私、いちばん父に近い三人で話して、みな同じ意見だった。管は入れないことにした。全員が泣いていた。

　ヒロト（仮名）が母に「トミーとばぁばはどんなふうに出会ったのか教えて」といった。「トミーの聞こえるところで話そう」と。それで、みんなでベッドの父を囲んで、出会った頃の父と母の話を聞く。母が勤めていた会社にバイトで来た大学生だった父。バイト先で噂になるほどかっこよかったという父。都電《とでん》を待っていた母に、バイクに乗っていかないかと声をかけた父。驚いたり、笑ったり、涙ぐんだりしながら、若かったふたりの話を聞く。しあわせだったんだなぁと思う。どうしてこんなに穏やかな時間が流れているのか不思議なくらいだった。母が父の耳元で「あたしたち、しあわせだったわね」とささやいた。ふたりが結婚し、私が生まれ、会社を辞めて得た退職金で私のためにピアノを買ったところまで聞いたあたりで、父の呼吸が弱ってきた。管を入れなければ明日くらいが山場でしょう、といわれていたのに、ずいぶん早い。入れないことに決めて、父もホッとしたのかもしれない。きなこ（仮名）を迎えに行こうとしたら、どんどん血圧も下がってきて、もう間に合わないかもしれないという。急いで学校に電話をして、タクシーに乗せて帰してほしいと伝える。みるみるうちに呼吸が弱くなり、血圧が下がっていく。涙が勝手に出て嗚咽《おえつ》が漏れる。きなこ早く！ と思いながら、父に対しては、無理はしなくていいよ、好きなタイミングで行っていいよ、と心の中で話しかける。救命センターの中を走る足音が聞こえてきて、「むすめさん、来ました！」と看護師さんときなこが飛び込んでくる。それから扉を閉めて、私たち家族だけにしてくれた。「きなこが来たよ。待っててくれてありがとう」と父にいうと、きなこは目に涙をいっぱい溜めて、顔を真っ赤にして棒立ちになったまま動かなかった。「ありがとう」「大好きだよ」「トミーの娘でしあわせだったよ」。言葉にするのは勇気がいったけど、たぶん、もうトミーは言葉にする前からぜんぶ聞いていた。だから、何もいえずに泣いているきなこの言葉も聞き取ってくれていたと思う。

## ワンさぶ子のおやつタイム

いつもわたしのことをかわいいなあかわいいなあと撫でてくれていた、わたしに甘いトミーの姿がこの頃見えません。四角い箱が来て、出棺です、といわれたときに、きなこちゃんがわたしを車の側まで連れて行ってくれました。わたしは、ウォン！ ウォン！　と鳴きました。そうするのが礼儀だと思ったからです。「あれはトミーだよ」と誰かがわたしにいいましたが、わたしは信じません。だって、トミーはわたしのまわりにいるからです。今も、いつも、ワンさぶ子はかわいいなあってわたしを撫でてくれています。トミー、撫でるだけじゃなくておやつもくれるともっといいんだけどなあ。

# 2月

## 波立つ心をおさえて

### 2月某日　ため息

ワンさぶ子は「おすわり」と「待て」をすればおいしいおやつをもらえることを知っている。夫の前でシャキッとおすわりして、背筋を伸ばして待っていたけど、なかなかおやつがもらえない。もう一度大げさにおすわりして、精いっぱい姿勢よく待てのポーズをとったけど、まだもらえない。すると、これ見よがしに「はぁ～」と大きなため息をついた。おすわりより、待てより、むしろすごい。柴犬ってため息つけるんだね。

### 2月某日　十年

昨年末、十年日記が詰まったので新しいものを購入してあったのに、年が明けてから大変なことが多すぎて何も書けずにいる。十年も先までの日記なんて、よく買ったよなあ。十年先の自分がどうしているか、生きているかどうかだってわからないのにね。書きかけの十年日記なんか残されたら、家族がかわいそうだ。などと考えていたら、長男が「十年日記、ほしい」という。ふふ。ふふふふ。やめときな。これからめまぐるしく状況が変わっていく二十代には花も嵐もあろう。若い人が十年も同じ帳面に日記をつけるなんて、きっと四年目くらいからは恥ずかしすぎて日記を開けなくなると思う。

### 2月某日　数え

えっ、もう令和二年なの⁉　ときなこ（仮名）が驚いている。いやもう二月だし。いろいろ遅れているような気がする。

「まだ令和が始まって一年経ってないよね。ってことは、数え年なの？」

その考え方、ちょっと斬新だ。

### 2月某日　置いてけぼり

今期の朝ドラが好きで欠かさず観ていたのだけど、父が倒れた朝以来、まったく観ることができなくなってしまった。初月忌《はつがっき》でお寺さんに行った帰りに、母と弟と寄ったお蕎麦屋さんで、ちょうどお昼の再放送をやっていて、ぼんやり観る。そこにだけ「現実」が流れていて、私たちは取り残されてしまったみたいだった。ふと、やくみが目に入る。そうだ、ここは秘伝のくやみがある店だった。今こそ聞かせてほしい、そのくやみ。

## 2月某日　舞台挨拶

新宿にて、映画『静かな雨』舞台挨拶。中川龍《なかがわりゅう》太郎《たろう》監督、主演の仲野太賀さん、衛藤美彩さん、そしてでんでんさんと。役者さんたちは目が輝いていて、発散する魅力がすごいなぁと思う。映画館は満席。舞台の上で原作者としてひとこと話し、役者さんたちと写真を撮られる。いたたまれなさで立ちくらみがした。カメラの方から「はーい、みなさんで手を振ってくださーい」とリクエストが飛んで、振れるかよーと思いつつ両手を振る。楽屋に戻り、見知った編集者さんたちの顔を見てほっとする。私のデビュー作である「静かな雨」を文學界新人賞に応募したときの編集長も来てくれていた。この人が「静かな雨」を新人賞の最終候補に残してくれなかったら、もちろんこの映画もなく、私はここにはいなかった。

夜、家族ＬＩＮＥに長男から「よかったよ」とメッセージが届く。「映画も、挨拶も」。長男も舞台挨拶を見にきてくれていたのだ。父が（彼にとっては祖父が）突然いなくなって以来、会えるときは会おう、いっておきたいことは後まわしにせずにいおう、と考えるようになったみたいだ。

## 2月某日　手を離す

友人と会う。お茶を飲みながらいろいろなことを話すうちに、お香典に何を返したらいいかわからないという話になる。後に残らないものがいいというけれど、洗剤とか、油とか、海苔とか、普段使っているのと違うものをもらっても困るんじゃないかと私がいうと、「でも、もらって嫌だったことって一度もない」と彼女がいう。続けて、「亡くなった方の戒名を聞いて、どんな方だったのか思いをめぐらせるのも私はけっこう好き」というので、やさしいなあと思う。それでつい、父の戒名とその由来を話した。話すうちに思いがけず涙がぽろぽろ出てきて、自分でもびっくりした。誰にもわかってもらえない気がして、父のことを話さなかった。まして戒名のことなど、言葉にして初めて自分の気持ちに気がついた。行こうとする父の手をぎゅっと握っているような感覚だった。その手をそっとゆるめることができた感じがした。友人は泣いている私のことをただ黙って待っていてくれた。

**2月某日　うまくいく**

受験を間近に控えた次男と会う。ずっと体調不良が続いていたというけど、今日は元気そうに長男と話して笑っていた。うまくいくといい。結果がどうあれ、思うようにできればいい。願いはそれだけだ。どんな進路であってもしあわせになれる。私は本気でそう信じている。

**2月某日　たまたま**

長男からＬＩＮＥ。たまたま外に出たら受験が終わる時間だったらしく学生がぞろぞろ歩いていて、中に弟を見つけたので一緒に晩ごはんを食べているとのこと。たまたまか？　次男は長男と同じ大学を志望している。次男がどんな様子だったか聞くと、「わりとできたっぽい」。たぶん弟はそんなことはいっていないと思うのに、いけるんじゃないか、などと弟に成り代わって兄がいう。この兄は弟のがんばりを信じているのだ。やさしい兄ばか。後で次男にもLINEを入れたら、兄は財布を忘れてきたので自分が兄の分も払ったとのこと。相変わらずだった。

**2月某日　四十九日**

何もできなかった、あっという間の四十九日間だった気がするのに、ものすごく長かったような気もしてしまう。お寺さんでお経をあげてもらって、みんなで会食して、トミーの話をたくさんする。泣いたり、笑ったり。亡くなったのと同じ、きれいに晴れた青空の日だった。

**2月某日　至福**

宮城県の多賀城《たがじょう》市にて「『羊と鋼の森』を歩く」コンサート。こないだ最終回だったはずなのに、またあってうれしい（ちなみにこの後もう一回予定されています）。今回のピアニストは福間《ふくま》洸《こう》太朗《たろう》さん。音色があまりにも美しくて、ステージの上で涙がこぼれた。原作者の役得だなあ。そして、サイン会。コロナウイルスの影響でいくつものイベントが中止になっている。こういうときにどういう選択をするか、何が正解なのかは、わからない。ただ、少なくとも、コンサートの間、ピアノに耳を傾ける客席からはひとつの咳も聞こえなかった。まだひとりも感染者の出ていない東北地方で、サイン会の告知を見て楽しみに来てくださった方へのサインをお断りしたくなかった。迷ったけれど、福間さんとも相談し、マスク付き、握手なしで予定通り行うことに。おもに同世代の女性読者の方からの熱いエールがびしびし届いて、並んでくださった方よりも私自身のためのサイン会だったんだなとわかる。がんばろう、と素直に思えた。たくさんのエネルギーをもらった一日。六時間半をかけて福井へ帰る。

## 2月某日　見える

見える、というか、わかる、感じる、という人がいる。数年来の知り合いのとてもパワフルな人だ。普段は遠くに住んでいるので、用事がなければ会うこともないし、今まではそういう話を聞いても、へぇ、と思うだけだった。久しぶりに会った彼女が、「あ、宮下さん、肩におばあさま……おじいさまかな……ついていてくださっていますね」といった。ぱっと胸が熱くなって、やっぱり、と思った。「実は父が先月亡くなりました」というと、「ああ、お父さまだったんですね。あたたかくてやさしいエネルギーで宮下さんを守ってくださっています」。そういってもらえただけで、なんだか身体が軽くなったような気がした。やっぱりいてくれたんだね、トミー。私はだいじょうぶだから、母についていてあげて。それから、子供たちのこれからを見守ってあげてください。

## ワンさぶ子のおやつタイム

わたしはいつも朝はおかーさんと散歩に行きます。夕方は、おかーさんとトミーとばぁばと三人を引き連れて練り歩くのが日課だったのですが、トミーがいなくなって、ばぁばは悲しみのあまり弱って散歩に出なくなってしまいました。お供がおかーさんひとりだけだなんて、つまんないです。悲しさやさびしさって、どれくらい経ったら薄まるのかな。

おかーさんは、今自分が倒れたら大変だといって、心身の健康を保つために、とにかくよく食べてよく寝ることを自らに課しているそうです。そうしたら、見事に太ったそうです！　やるじゃん！　わたしもよく食べてよく寝ていますが、そんなに簡単には太れません。太れるおかーさんを尊敬します。もうすぐ春です。弱っているばぁばも、太ってしまったおかーさんも、明るく笑える春になりますように。

# 3月

## とびっきりの人生が待っていてくれることでしょう

### 3月某日　お休み

強い雨の中、ワンさぶ子と散歩。いつもなら雨はいやがるのに、なぜか今日はどこまでも歩くつもりらしかった。沈丁花《じんちょうげ》の懐かしい匂いがして、途中からは濡れるのも気にならなくなった。だんだん楽しくなってきて、ふたりで鼻歌を歌いながら歩く。今がいつなのか、ここがどこなのか、わからなくなるような感覚。ただ、私とワンさぶ子は生きていて、歩いている、ということだけが確かだ。遠くにいる人も、会えなくなってしまった人も、みんなどこかでしあわせに暮らしていてくれるといいなと思う。びしょ濡れになったワンさぶ子と家に帰ったら、コロナで休校中のむすめがのんびり起きてきて、なんだかやっぱり時間の感覚が狂う。いつも忙しい高校生がお休みでうれしい。

### 3月某日　腹筋など

急に思い立って運動を始める。完全に屋内で（わが家の居間で）完結するようメニューを考える。楽しい。ほんとうはきちんとトレーナーについてメニューを組むのがいい。ジムに行ったりプールで泳いだりするといいのも知っている。でも、もう外に出て運動するのはあきらめた。続かないからだ。私はなまけものなのだ。好きなミュージックビデオを流しながら七割くらいの力でできるよう設定。その程度の運動が、身体にどれくらいいいのかはわからない。でも、今日も何もできなかった、と自分の不甲斐なさを嘆きながら一日を終えるとき、それでも最低限の運動だけはできた、と思えることで救われる。身体のためというより心のためにやっているのだと思う。

### 3月某日　伸び方

むすめが私をじーっと見ているので、なに？　と聞くと、「ママ、弱々しく髪が伸びてるね」といわれる。そういえば、しばらく美容院にも行っていない。できれば、髪くらいは猛々しく伸びてほしかった。

### 3月某日　お願い

よく晴れた日、足羽山《あすわやま》の墓地で父の納骨を済ませる。母は泣いていたけれど、私はもう泣かなかった。父に、母を守ってくれるように頼んだ。子供たちのこともずっと見守っていてくださいとお願いしておいた。私が頼まなくたって、父はずっと母を守ってくれているし孫たちをかわいがってくれているに決まっている。納骨の前にこっそり骨壺を開けて、ひとつだけお骨をもらっておこうかとずいぶん迷ったのだけど、そうだ、私はもう手を離すのだ、と思い直して蓋を閉めた。

### 3月某日　宝くじ

「宝くじ、一枚だけ買ったら、当たったよ」

夫がうれしそうに報告してくれた。

「三百円？」

確かめたらやっぱりそうだ。ちなみに私は宝くじを買ったことがない。お金が当たっても特にしあわせになれる気がしない。

「宝くじは一枚だけ買うんだよ」

夫はいった。

「必要なときには当たるから。今はまだ一等は必要じゃないってことだね」

ふ。この人は、必要なときにはちゃんと必要なものが手に入ると思っている。お金じゃなかったとしても、何か状況をよくするための道具や機会を手に入れられると信じている。しあわせな人なのだ。その楽観に、妻も救われている。

## 3月某日　進学

次男の大学が決まった。第一志望とは違うけれど、やりたいことを自由にやれそうな大学だ。夫の母校でもある。この子は今年も第一志望しか受けないつもりだったのを、受験直前に変えた。祖父の死に直面し、たくさんのことを思い、考えたみたいだ。そうして、ここでもう一年足踏みしている場合ではない、という気持ちに至ったらしい。それで、私立を一校と、国立の後期も受けて合格した。きっといちばんいい道を進んでいると信じて、あとは運命に任せるといいいね。

## 3月某日　なぐさめられ道

うちのチューリップがなかなか大きくならない。同じ球根をほぼ同じ時期に植えた東京の友人ふたりからＬＩＮＥで写真が送られてきて驚く。おとぎ話みたいに可憐な花がもう咲いていた。うちの子はまだ小さくて、葉や茎の色も心なしか渋い。福井が寒いからか、私の育て方がよくなかったのか。「若いうちに苦労するほうが後できれいな花を咲かせる」とか「大器晩成」とか、ほんとか嘘かわからないなぐさめをふたりから受ける。近頃はいろいろなぐさめられてばかりで、なぐさめられ慣れしてきた感がある。なぐさめられてもよろこばず悲しまずもちろん卑屈にもならず、素直になぐさめられるのが望ましい。

### 3月某日　スクラップブック

父は自宅の居間とキッチンの間にコクピットみたいな自分の書斎を持っていた。家を建てるときに自ら設計した書斎だ。そこを整理していたら、分厚い水色のファイルが二冊並んで立っているのを見つけた。開いてみると、十数年にわたる新聞の、宮下奈都関連の記事やインタビューなどがきれいに切り取られてファイルに収められていた。父の普段の言動からはちょっと想像がつかないような丁寧で几帳面なファイルだった。そっと閉じて元の場所に戻す。きっとよろこんでくれていたんだなあ。

### 3月某日　ほんとうの言葉

次男は、去年卒業した高校の担任の先生に挨拶に行ってきた。「どうだった？」と聞いたら、ちょっと黙ってから「残念だったな、っていわれた」といった。あっ、と思った。それから、じーんときた。みんな、なかなかそうはいってくれない。もちろん気を遣ってのこともあるだろうけど、進学先をいうと「おめでとう！」「すごいね！」などといってくれるのだ。ありがたいことだと思う。私自身も、もう、おめでとうの気分になっていた。よくがんばったね、じゅうぶんよくやったよ、と思うのだ。でも信頼していた先生に「残念だったな」と心からいってもらえて、きっと次男は素直に「はい」とうなずくことができただろう。

### 3月某日　予言

春の雨。ワンさぶ子と朝の草っぱらを歩きながら、空の端が明るくなっているのを見て、心に「たぶんこれからとびっきりの人生が待っていてくれることでしょう」という予言が浮かぶ。私自身のための言葉なのか、近しい誰かに向けた言葉なのか、自分でもわからない。ワンさぶ子に「これからだってさ」といってみると、賢そうな目で私を見上げて「うん！」と大きく答えてくれた。

### ワンさぶ子のおやつタイム

おかーさんがよく食べてよく眠って元気を出す作戦を遂行していることは、前回ここに書きました。でも、なんとなく身体も気持ちも重たくなってきて、家でできる軽い運動を始めたようです。わたしから見たら、軽いっていうのも笑っちゃうくらい軽くて吹けば飛ぶような運動ですが、一か月が過ぎる今も毎日続いています。そうしたら、思っていた以上に身体が変わってきているんだそうです。朝と夕方の散歩のときに、ずんずん歩けるようになりました。といっても、わたしみたいに走れないし、わたしみたいに跳べないし、わたしみたいに吠えられないし、わたしみたいにしっぽをぴんと上げてくるっと巻くこともできません。でも、たった一か月で変わるんだなぁ。もっと続けたらどんなふうに動けるようになるのか楽しみですが、残念ながらここでお知らせすることはできません。今回で最終回なのです。へへん。三年間もわたしと遊んでくれたみなさん、どうもありがとうございました。きっとこれからもおかーさんとわたしは元気にずんずん歩いていくと思います。どこかでまたお会いできますように！

初出　「Mart」2017年7月号～2020年6・7月号

宮下奈都（みやした・なつ）

1967年福井県生まれ。2004年「静かな雨」が文學界新人賞佳作に入選してデビュー。初の長編『スコーレ№4』は書店員のSNSから話題となり、ロングセラーに。2016年『羊と鋼の森』で直木賞候補、第13回本屋大賞受賞。家族五人で北海道のトムラウシに山村留学した一年間を綴った『神さまたちの遊ぶ庭』は、「読書メーター」と「ダ・ヴィンチ」共催の「第2回レビュアー大賞」の今読んで欲しい渾身の1冊に選ばれた。

---

# ワンさぶ子《こ》の怠惰《たいだ》な冒険《ぼうけん》

2021年２月28日　初版１刷発行

著　者　宮下奈都《みやしたなつ》

発行者　鈴木広和

発行所　株式会社 光文社

〒112-8011　東京都文京区音羽1-16-6

電話　編　集　部　03-5395-8176

書籍販売部　03-5395-8116

業　務　部　03-5395-8125

URL　光　文　社　https://www.kobunsha.com/

組　版　萩原印刷

印刷所　萩原印刷

製本所　ナショナル製本



ISBN978-4-334-91388-5

JASRAC　出　2100788-101